Behind
The
Lies

晨羽

流沙

為了讓那個人所在的世界不崩塌，
我編織出一個又一個謊言，
用我的墜落，換取他的幸福。

Chapter 01

離開醫院後，我前往車站裡的一間連鎖咖啡店，與幾分鐘前在電話裡交談的男人碰面。

坐在靠窗處的男人低頭使用手機，聽見我拉開對面椅子的聲響，連頭都沒抬，愉悅地開口：「妳來啦？先喝點東西吧，等會我們去看電影。」

發現我沒有按照他的話去到櫃檯點餐，他終於抬頭望過來，「妳不點餐嗎？」

「彭韋甄昨晚輕生送醫，你還有心情約我看電影？」

笑意凝結在男人的嘴邊，他故作鎮定，不甚自在地低咳一聲。

「聽說沒什麼大礙。」

「當然，如果她死了，你還能若無其事跟別的女人在這裡談情說愛，你就眞的是個人渣了。」我伸手順了順前來路上被風吹亂的髮絲，「你不去探望她？」

他擰起眉頭，冷硬道：「她又不是第一次這樣了，我要是不絕情點，她不會死心。妳剛剛在哪？今天上午妳沒有課吧。」

他硬是換了話題，不願再談論此事。

「我去了一趟醫院。」

他十分錯愕，「妳去看韋甄了？」

「怎麼可能，前陣子我做健康檢查，是去看報告的。」

「嚇我一跳。」他臉上重新堆笑，收起手機就要起身，「既然妳不想喝東西，我們現在就去看電影吧，就挑妳上次說有興趣的那一部。」

「電影就免了，我來是要告訴你，以後不要聯絡了。」

「什麼意思？妳要跟我分手？就因爲韋甄出事？」他語氣帶著不可置信與一絲不以爲然。

「不是，我決定休學了，之後沒打算繼續見你。」

見我神色不似作僞，他總算相信我是認眞的了。

「妳在開什麼玩笑？」他臉色鐵青，原本俊俏的五官變得扭曲猙獰，「妳也不想想我是爲了跟誰在一起，不惜把自己的名聲搞臭。韋甄一自殺，妳就把我一腳踹開，妳是怕了嗎？怕被人說閒話？」

「好，我告訴你眞正的原因。」我上半身微微前傾，直視他的眼睛，「剛剛在醫院看報告，醫生告訴我，我得了癌症。我不確定自己能活到什麼時候，所以想把握剩下的時間去做最重要的事。」

他噗哧一笑。

「姚瑤，這種藉口妳也說得出來，搞笑嗎？」

「我也覺得自己很可笑。」我神態平靜，「要是擔心其他人議論你，你大可對外宣稱是你甩了我，或是可憐兮兮地告訴大家，你也是不幸被我玩弄的對象之一，只要表現出後悔莫及的樣子，他們也許會轉而同情你。這對你來說應該不難。」

「我該謝謝妳的好心建議嗎？」這次他不怒反笑，眼神流露出輕蔑與失望，「眞奇怪，我一直以爲妳很聰明，怎麼只想得到用這種不入流的方法打發我？還有，說我是人渣前，怎麼不先看看妳自己是什麼德性？」

「我當然清楚我是什麼樣的人，你不也很清楚，才利用我甩掉彭韋甄？你心知肚明，如果對象是我，大部分的人大概都會認爲有問題的那個人會是我，是我去從中破壞你和彭韋甄的關係。現在我只是照你理想中的劇本給建議，隨你想怎麼做，你高興就好。」

他緊咬下唇，眼裡燃燒著清晰的妒火。

「妳有別的男人了？」

「如果這個理由會讓你比較好過，你就這麼想吧。」

「少說得這麼好聽，妳就是有了新對象，才找藉口把我甩掉對吧？對方是誰？他了解妳嗎？知道妳是什麼樣的人嗎？」

「你想說什麼？」

「我勸妳最好想明白，知道妳的骯髒過去，還願意接受妳的男人，除了我不會有別人，不要以爲妳能隨心所欲行事。」

「我確實有了在意的男人。」我直接把話講開，「但不會發生你說的那種事，你用不著操心。」

他失去冷靜，拿起喝了一半的咖啡就往我臉上潑，大聲罵了句髒話，用力撞了下桌子，憤而離開店裡。周遭的客人全都看了過來，店員見狀，很快拿著拖把、抹布過來清潔桌面和地板。

我對那些或好奇或八卦的視線視若無睹，逕自走進洗手間對著鏡子整理儀容，用清水洗了把臉，再穿上放在包包裡的薄外套，遮掩上衣的咖啡汙漬，隨後回到座位，撥出一通電話。

二十分鐘後，一名穿著格子襯衫、牛仔褲的高眺男子進入咖啡店，大步來到我的面前。

我仰頭看著他，不甚確定地開口：「高偉杰？」

「對。」

我放下手機，有些意外。

「你不是有課要上？我說過會等你下課。」

「沒關係，蹺掉一堂課不會怎樣。」

才剛說完，像是有人打電話給他，他迅速從口袋摸出手機接起。

我隱約聽見話筒彼端的男人著急大喊：「偉杰，你怎麼沒來上課？雖然是通識課，但這個老師很重視出席率，開學就說了只要一次沒到就會被當。你忘了嗎？」

高偉杰面不改色向對方謊稱自己睡過頭，來不及趕去上課，很快結束了通話。

「要是被當，我沒辦法還你學分喔。」我啼笑皆非。

「無所謂，就算沒這門學分，一樣能畢業。」他的態度依然不痛不癢。

「你就這麼迫不及待見到我啊？該不會等我的電話等很久了。」

「對，一直在等，這段時間我手機不離身，就怕漏接妳的電話。」

他一本正經的回應，讓我打消繼續逗弄他的念頭。

我表示要請他喝飲料，他卻說他不渴，但我還是去櫃檯買了兩杯冰美式，分了一杯給他。

「好久不見。」直到面對面坐定，我才仔細打量他，吐出姍姍來遲的這句話，

「沒想到還能再見到你，我以爲你這輩子都不會想見我。」

「如果是那樣，我就不會託妳朋友把手機號碼帶給妳了。」

「也是。」喝一口咖啡，我感受著留在舌尖上的苦澀滋味，低聲開口：「那個……」

彷彿料到我要問什麼，他突然把他的手機交給我，示意我看相簿裡的幾張照片。

那幾張照片的主角是同一名少女，推算了下她的年紀，拍攝時間應該是在近期。穿著國中制服的她，臉上掛著甜美可愛的笑容，精神抖擻，容光煥發，完全就是生活無憂無慮的樣子。

我目不轉睛盯著少女秀氣的眉眼，恨不得將她的模樣刻在腦海。

「她長大以後，比我想像中更加美好，她跟蓓蓓阿姨長得越來越像，簡直就是蓓蓓阿姨的翻版。」我按捺住胸口翻騰的情緒，用幾不可聞的音量說：「她看起來過得很好，謝謝你替我陪在她身邊照顧她。」

「妳過得好嗎？」他問我。

「嗯，還行。」我輕描淡寫答道，把手機還給他。

「我想讓妳知道她的近況，所以試著找過妳，也曾經打電話給妳爸媽，但他們說不清楚妳的聯絡方式。」

我看向他的目光帶著半信半疑，「為什麼要這麼做？你不恨我？」

「我爲什麼要恨妳？」他不解。

「我聽說過你母親的事，媒體的報導有一部分是事實吧？」我觀察他的反應，「追根究柢，是我毀了你家，你難道不會這麼想？」

「不會。」

「你用不著騙我。」

「我眞的不恨妳。」他的表情終於出現一絲細微的變化，「坦白說，我認爲妳沒有錯，做錯事的是我，或許我才是導致一切悲劇發生的那個人。」

「什麼意思？」

高偉杰做了幾次深呼吸，一字一頓地說：「在那起事故發生之前，我就已經將嫣嫣的身世告訴了我爸，而我媽也幾乎是在差不多時間知道這件事。」

空氣霎時凝結，我十分艱難地開口：「你這番話聽起來，像是在說那起事故，可能跟你母親有關。我沒理解錯誤吧？」

他沒正眼看我，也沒回話，竟是默認。

「你有證據嗎？」

「沒有。」

「那你憑什麼做這種揣測？」

「嬿嬿不小心誤吞彈珠、差點送命那次，我看著妳和翔翔兩個人在醫院急診室抱頭放聲大哭，心裡很難受，隔天我爸碰巧問起嬿嬿，我一時沒忍住，就跟他說了。我爸認定我是在胡言亂語，並未當真，然而我媽那晚就把我叫過去質問，我自然是打死不認。過了幾天，那起事故就發生了。」高偉杰停頓了下，才把話說完：「這兩件事發生的時間點太過接近，就算我不願意往這個方向想，也做不到不去懷疑。」

我心中一片茫然，更多的是震驚。

「你怎麼會想告訴我？」

「不知道。」他眼角微微一抽，嗓音低啞，「一看到妳坐在我面前，我就覺得自己無法再繼續隱瞞下去。」

我一時無言以對，喉嚨乾澀無比。

「你有跟其他人說嗎？」

「只跟我哥說過。」

我轉頭看向窗外，腦袋裡亂成一團，待心神稍定，才重新將目光移回高偉杰身上。

「先不管那起事故是否與你母親有關，當她得知嬿嬿的身世，她沒有責怪你嗎？」

高偉杰苦笑，「那起事故發生後，我爸看到新聞，隱隱覺得有異，又問了我一些問題，終於相信我所言非虛。只是顧慮到我媽的感受，我爸先把嬿嬿交給我姑姑照顧，過了幾年才把她接過來跟我們一起生活。從我爸決定接受嬿嬿為高家人的那一天起，我媽就再也沒跟我說過話，也沒再看我一眼。」

「是喔……這種情況持續多久了？」

他想都沒想便答：「差不多十年。」

我再次啞口無言。

「高偉杰你……」我放在桌上的雙手緊握成拳頭，「你眞的讓我很震驚。」

「對不起。」他以為我在怪罪他。

「不用跟我道歉，關於那起事故，我也有個祕密要告訴你。」

聽我說完，高偉杰震驚的反應和我剛才如出一轍。

「我因為害怕，始終沒有對任何人提起。如果你有錯，我同樣難辭其咎。既然你和我共享了這個祕密，希望你能幫我一個忙。」

我從自己的手機相簿裡找出一張照片，遞過去要他看。

高偉杰看著照片裡的女人，「她是誰？」

「那個男人的妻子。」我揭曉答案，「我想要知道所有關於這個女人的事，越詳細越好，你應該有辦法調查。」

「妳怎麼找到那個男人的？」他眼中難掩愕然。

「三個月前，我去夜店參加朋友的慶生會，意外發現他就坐在隔壁桌，陪客戶應酬喝酒。」我不疾不徐地解釋，「當年我沒能看清他的長相，卻對他的聲音印象深刻，我在夜店一聽見他的聲音，立刻就認出來了，之後還跟蹤他回家，掌握了他的住處。我打算藉由他的妻子，一步步接近他。」

「如果他確實是妳要找的那個男人，妳打算怎麼做？」

「到了那時再做決定。」

高偉杰似乎不太贊同，一時沒有作聲。

「你媽媽最近怎麼樣？」我問。

「她罹患阿茲海默症，已經認不太得家人，身體狀況也不是很好。為了養病，她搬到郊區的別墅，由專人照顧。」

我深吸一口氣，緩緩開口：「高偉杰，對於那起事故，你我心中都有懷疑，也有歉疚與悔恨。不管你媽媽是否與那起事故有關，唯有查明眞相，你才能坦然繼續往後的人生；更重要的是，如果你跟我一樣覺得對不起翔翔，這是我們唯一能為他做的事。」

高偉杰彷彿入定，久久沒有作聲，臉上神色難辨。

我沒有催促他，安靜等待他做決定。

最後，我終於等到他點頭答應。

一個小時後，我們在捷運站入口處道別，高偉杰表示會盡快提供我調查結果。

我冷不防想起一件事，「差點忘了問你，嬿嬿現在叫什麼名字？她還是用原來的名字嗎？」

「她換過名字了，現在叫馨玫，康乃馨的馨，玫瑰的玫。」

「馨玫……」我情不自禁輕聲複誦，滿意地勾起唇角，「我喜歡這個名字，是你爸幫她取的？」

「不，是我哥。」

我大感意外，「在我的印象裡，你哥很嚴肅，一點也不像是會想出這種溫柔名字的人，以前我眞的好怕他。」

「是嗎？我哥其實人很好。」

我莞爾一笑，「我知道。有機會替我向你哥道謝，謝謝他幫嬿嬿取了這麼美的新名字。對了，你沒跟嬿嬿說你和我重新聯絡上吧？不過當時嬿嬿年紀還很小，她可能也不記得我了吧。」

「嗯，她不記得，我也沒跟她說妳的事。妳希望我告訴她嗎？」他語氣認眞。

我頓了下，很快搖頭，「她不要再見到我比較好，最好忘了我。倘若查出那起事故的眞相，也請你永遠替我瞞著她，我不想讓她被過去影響，過去那些事只會令她傷心。」

「好。」高偉杰點點頭，「有什麼事妳隨時可以打電話給我。」

「半夜也可以？」

「對。」

「你現在有女朋友嗎？」

「沒有。」

「喜歡的人呢？」

這次他沒有回答，反問：「爲什麼這麼問？」

「我怕占用你太多時間，讓你女朋友不高興。」我半開玩笑道，伸手輕拍了下他的肩膀，「不過，你別再因爲我而蹺課了，這樣我會不敢找你出來。」

「知道了。」他淡淡應下。

Chapter 02

星期二下午三點，一名束著馬尾的年輕女人走進這間位於市區的頂級超市。

她身材纖瘦，五官清秀，臉上僅施淡妝，穿著設計簡單卻不失質感的綠色碎花洋裝，推著高級娃娃車穿過一座座琳瑯滿目的商品陳列架，最後停在酒架前，伸手取下一瓶貼著白色標籤的紅葡萄酒，低頭認真端詳。

「請問一下，」我推著堆滿民生用品及食材的購物車，笑容滿面走到她身旁，「妳喝過這款紅酒嗎？我很猶豫要不要試試。」

面對我突如其來的搭訕，女人的反應像是隻受驚的小白兔，急匆匆地把紅酒擺回原位，滿臉尷尬心虛，一副做壞事被抓到的樣子。

「這、這瓶還不錯，我喝過幾次，挺喜歡的。」她結結巴巴回答，說話的聲音既輕柔又微弱。

「是嗎？那我決定買了。」

我從貨架取下那瓶紅葡萄酒放進購物車，開心向她道謝，然後頭也不回離開這片區域。

兩天後，同樣的時間，我又來到超市守株待兔，一看見那個女人再次推著娃娃車出現，立刻主動迎上前去。

「妳還記得我嗎？」我眼角彎彎，唇邊帶笑，「上次妳推薦的那款紅葡萄酒很好喝，其實我是第一次喝葡萄酒。托妳的福，我才能在搬到新家的第一天喝到這麼好喝的紅酒，謝謝妳啦。」

「不用客氣。」似是很高興自己的推薦得到肯定，女人的臉部線條變得柔軟，語氣也比上次自在些，還順口問我：「妳剛搬新家？」

「對呀，我新家就在附近，距離這間超市走路只要七、八分鐘。」

我把大略地址告訴她，她微微瞠目，脫口說出她就住在我家對面的社區。

「這麼巧？太好了，坦白說，我剛搬過來，沒認識什麼人，可以跟妳做個朋友嗎？」我笑容可掬，盡量讓自己的積極熱情看起來不具威脅性，爲了做到這點，我今天還特地選穿了一襲樣式清純的白洋裝。

她眼中閃過一絲奇異的光采，略帶羞怯地點頭答應。

離開超市後，我和那個女人一同推著娃娃車去到附近的河濱公園散步，在我的刻意迎合下，算是一見如故，一聊就停不下來。

聽到我剛從大學休學，現在一個人住，她忍不住問：「為什麼要休學呢？」

「幾個月前，我出了一場嚴重的車禍，儘管外傷好得差不多了，身體卻變得很差，時常感到疲倦，醫生建議我休養一年再回學校上課，所以我就辦休學了，還拜託家人同意讓我這段時間搬出去住。」

「有家人在身邊照顧不是比較好嗎？為什麼要搬出去？」她不解。

「從小我爸媽就對我管教甚嚴，掌控欲又強，導致我到了二十二歲還沒有獨立生活的經驗，我不想再這麼下去，才藉此機會跟爸媽提出交換條件，只要讓我在外獨自生活，我就乖乖按醫囑休養一年，我極力爭取了好久，他們才肯點頭。」我臉不紅氣不喘說出這一大串謊話。

「原來是這樣，但妳自己一個人住在外面不辛苦嗎？」她看起來有點為我擔心。

「不辛苦，我從來沒有像現在這麼開心過。我會在搬來第一天去買紅酒，就是為了慶祝獲得自由。認識妳這個聊得來的新朋友，更讓我對新生活充滿期待，等我整理好新家，可以邀妳過來坐坐嗎？」

她的眼眸裡再次出現光采，笑容宛若少女般靦腆。

「好啊。」

我蓄意接近的這個女人，名字是沈怡倫，三十五歲，有一個兩歲的女兒叫光羽。三年前，沈怡倫與大她九歲的先生結婚，搬來這個鄰近河濱公園的高級社區，是全職家庭主婦，生活極爲單純且規律。

她一週有三天會在下午三點左右到離家最近的這間頂級超市購物，然後帶著女兒到河濱公園散步。平常的活動範圍主要是附近的商圈，舉凡書店、麵包店、超市以及咖啡廳，都是她固定會去的場所。沒有外出購物時，她幾乎都是待在家裡。

她的先生從事蘭花外銷生意，偶爾會跑國外，不需要出差時，一家三口常在週末開車出遊。

沈怡倫的人際關係毫無特別之處，她沒有經常見面的朋友，跟鄰居的互動也不算熱絡。每次去咖啡廳，她都是帶著兩歲的女兒前往，她喝熱拿鐵，並和女兒分食草莓鮮奶油蛋糕，身爲母親的她很注意女兒的飲食，通常只會讓女兒吃幾口蛋糕。

我能成功接近沈怡倫，成爲她的朋友，高偉杰是最大功臣。

他似乎是那種答應要幫忙，就會幫到底的性格。他不僅替我查出上述這些情報，還協助我在沈怡倫住家對面的大樓，租下一戶約十五坪左右的一房一廳。

這棟大樓環境整潔，住戶素質良好，一樓還有保全，很適合單身女子居住，租金卻也相對昂貴。高偉杰表示若是我喜歡這套房子，可以幫我跟房東殺價，盡可能減輕我在經濟上的負擔。

「不用，我的積蓄夠我在這裡輕鬆住上一年。你別看我這樣，我有段時間可是非常拚命地賺錢、存錢，即便不工作，短期內生活費也不成問題。現在想想，那陣子沒日沒夜的努力，也許就是爲了此刻。你已經幫了我很多，我很感謝你。」

他若有所思地看著我，「妳眞的休學了？」

「對啊，我休學是爲了有更多時間和沈怡倫相處。根據你的調查，我本來以爲沈怡倫這個人不容易親近，但實際跟她接觸後，發現她其實應該只是怕生。我會想辦法取得她的信任，她越快視我爲好友，我就越有機會接觸到那個男人。我現在滿腦子就只有這件事，其他都不重要。」

向高偉杰表明自己的決心後，隔天我便邀請沈怡倫過來家裡。

她帶著女兒光羽登門造訪，還帶了一盒日本進口的高級奶油餅乾作爲伴手禮。

「怡倫姊是我新家的第一位客人，希望妳不會嫌棄我家小。」

我將她送的奶油餅乾裝進盤子，跟沖好的蘋果紅茶一起端上桌，空氣中盈滿蘋果香甜的氣味。

「當然不會，我很喜歡妳家。妳挑選的每一樣傢俱都很好看，整體搭配也很合適，感覺很溫馨。」她摸了摸坐著的天藍色布沙發，語氣眞誠中帶著幾分羨慕。

「怡倫姊，妳這麼稱讚，我聽了眞有點不好意思。妳家肯定比我這裡更寬敞漂亮吧？眞希望哪天有機會去妳家參觀一下。」我噗哧一笑，狀似無意地說道。

她有一瞬間露出考慮的表情，隨即道：「好，我一定盡快邀妳來家裡坐坐。」

「耶，太好了。」我見好就收，換了另一個話題，「差點忘了，我有禮物要給光羽。」

我買了一條水藍色的漸層蓬蓬紗裙給光羽，怡倫姊很驚喜，卻也爲我特地破費而感到過意不去。

「光羽太可愛了，我一看到這條紗裙就覺得穿在她身上一定很合適，才會忍不住買下。不只光羽有禮物，我也準備了妳的份。」

見到我拿出那副蝴蝶造型水鑽耳環，怡倫姊訝異得嘴巴微微張開。

「我注意到怡倫姊妳有穿耳洞，卻沒見過妳戴耳環。前幾天我去逛街，買了一副耳環給自己，也順手爲妳挑了一副，妳要不要試戴看看？」

怡倫姊沒有拒絕，接過耳環便戴上了。

我把她拉到連身鏡前，笑盈盈地端詳鏡中的她，「我想得沒錯，妳果然很適合這種亮晶晶的垂墜耳環，妳平常怎麼都不戴呢？」

怡倫姊愣愣注視著鏡子，驀地紅了臉，卻不像是難為情，反而像是感到難堪。

「瑤瑤，我很感謝妳的好意，這副耳環也很漂亮，妳眼光很好，但我不能收。」

「為什麼？」

「我戴耳環根本就不好看，妳不需要……騙我。」

她別過頭，像是不願再看到鏡中的自己。

「我哪有騙妳？是誰說妳戴耳環不好看的？」

怡倫姊尷尬地瞥了我一眼，吞吞吐吐回：「我婆婆。」

「妳婆婆？她為什麼這麼說？」

「我曾經戴過類似款式的耳環，參加我老公那邊的家庭聚餐，結果我婆婆看了很不高興，說我戴這種耳環很醜，要我今後別再戴了。」

「然後妳就不戴了？」

「嗯，那副耳環是很久以前我買給自己的，為了戴上它，我瞞著父母偷偷去穿耳洞，結果被痛罵了一頓，我媽說，就算我戴這種東西也不會變漂亮，叫我不要浪費錢。如今我婆婆也不喜歡我戴那副耳環，我就想，也許我真的不適合吧。像這樣的耳環，只適合瑤瑤妳這種年輕漂亮的女孩子，和我一點也不搭。」

一口氣說完後，怡倫姊彷彿驚覺自己吐露太多，眼底映出清晰的慌張，臉也變得更紅了。

我將雙手輕輕搭在她的肩膀上，「怡倫姊，妳還記得第一次戴上妳買的那副耳環時，是什麼樣的心情嗎？應該很開心、很興奮，甚至有點害羞，對吧？」

她不解我這麼問有何用意，但還是點點頭。

「我不知道妳婆婆和妳媽媽爲什麼要說這種話，但我向來不說違心之論，我是眞心覺得妳戴這副耳環很好看。妳剛剛不是說我眼光很好嗎？那妳沒理由不相信我的審美吧？還是說，妳那麼說只是在敷衍我？」我故意對她眨了下眼睛，促狹道。

怡倫姊連忙澄清，「當然不是。」

「那就對啦，下次怡倫姊就戴著這副耳環跟我一起出去，我看得出來，妳很喜歡戴著耳環的自己。」

過沒幾天，我和怡倫姊相約去逛街，怡倫姊耳朵上就戴著那副垂墜耳環。

在一間服飾店櫃檯前排隊等著結帳時，排在我們後面的一對母女突然向怡倫姊搭話，詢問她的耳環是在哪裡買的。

代爲回答這個問題後，我問那對母女：「妳們覺得這副耳環適合她嗎？」

「當然！就是因爲她戴起來很好看，我跟我女兒才會注意到。」那位母親笑著這麼說，一旁的女兒也不假思索地出聲附和。

怡倫姊紅著臉謝過她們的讚美，與我相視而笑，眼眶隱隱染上和臉頰相同的顏色。

後來有一次，怡倫姊不經意提起，爲了照顧女兒，她很久沒有上過髮廊了，我當即毛遂自薦說要幫她看顧光羽，並慫恿她去完髮廊再去做個SPA，或是到電影院看一場電影，讓自己能有一次徹底放鬆的機會。

怡倫姊一開始還推辭不肯，在我的堅持下，她勉強答應。隔天，她把光羽託付給我之後，才過了兩個小時就急匆匆地從髮廊趕回來，向來怕給別人添麻煩的她，說什麼也不肯繼續把女兒丟給我照顧。

從我懷中接過已經睡著的光羽時，她忽然開口邀請我明天去她家。

「可以嗎？」

「當然可以，我早就想請妳來家裡坐坐了，只是我婆婆習慣不事先通知就跑過來，她不喜歡家裡有陌生人，我擔心妳來的時候碰上我婆婆，才一直沒有開口約妳……但剛才我婆婆打電話給我，說她明天要和我公公去南部看親戚。很抱歉約得這麼臨時，如果妳有事，我再盡快找一天……」

「不，明天我可以，那就這麼說定了。」我二話不說答應下來。

怡倫姊跟我約中午十二點，她想順道請我吃頓飯。

隔天我拎著禮物，摁下怡倫姊家的門鈴，她笑盈盈爲我開門，屋內飄著陣陣飯菜的香味。

「瑤瑤姊姊，抱抱。」走路還有點跌跌撞撞的光羽向我伸出雙手，我彎身抱起她，趁著怡倫姊還在準備最後一道料理，我開始觀察起這棟華美屋子的每一處。

注意到擺在客廳收納櫃上的一幀照片，我走上前端詳，那是他們一家三口的合照。

直到聽見怡倫姊的呼喚，我的目光才從照片上的男人挪開，堆起笑容走向餐桌。

怡倫姊大展廚藝，煮了一桌家常菜，還有一大鍋我愛的香菇雞湯。

「看起來好好吃，怡倫姊眞厲害，我不知道妳這麼會做菜。」我還沒動筷就讚不絕口。

「我一點也不厲害，這些料理都是前陣子臨時找我婆婆惡補的，像是這盤糖醋排骨，還有紅燒鰹魚都是。」她滿臉不好意思。

「妳特地爲我去學做菜？」我有些意外。

「是呀，妳不是身體不好，得要好好休養嗎？妳一個人住，我擔心妳平常吃得不夠營養，所以才想做點菜給妳吃。我剛在廚房試過味道，口味上應該沒問題，妳多吃點，要是合口味，吃不完的就打包回去，還可以再吃上一到兩餐。」

望著兀自熱氣蒸騰的豐盛佳餚，我過了好半晌才出聲。

「謝謝，妳一個人做這麼多菜，一定很辛苦吧？」

「是不輕鬆，在這之前，我本來不敢料理魚，跟婆婆學的時候，還被她罵笨手笨腳，不過只要妳吃得開心，一切就值得了。」她眉開眼笑。

我也回了她一個微笑。

等我們吃完飯，光羽也玩累了，睡倒在沙發上，怡倫姊把她抱回房間床上，再輕手輕腳掩上房門。

待怡倫姊再次落坐，我才將今天帶來的禮物放到餐桌上，是一瓶紅酒，而且是怡倫姊在超市推薦我的那款。

「我想跟妳一起喝，就買過來了。我好像沒在妳家看到紅酒，妳平常沒在喝嗎？」

「沒有，婚後就幾乎沒再喝了。」她坦言。

「爲什麼？妳不喜歡了？」

「不是。我沒在家人面前喝過酒，他們不知道我會喝酒，加上我婆婆希望我早點懷上第二胎，很要求我注意飲食，要是她發現我喝酒，肯定會大發雷霆。」

「但是妳很想喝吧？不然當時在超市，妳也不會從貨架上取下那瓶酒。」

她微微一愣，下意識搓揉雙手，「該怎麼說呢……婚前有一段時間我在外面租房子獨居，下班後常買紅酒回家自己一個人喝；婚後忙於照顧孩子，壓力太大時，確實偶爾會想喝一點。我可能是有些懷念從前的自由時光吧，所以很羨慕妳有勇氣向父母爭取自己想過什麼樣的生活。」

「何必羨慕我？怡倫姊現在一樣可以想喝酒就喝酒。」

今天去超市買酒的時候，碰上促銷活動，送了一支開瓶器，剛好這時候可以拿來用。我動作熟練地打開紅酒，接著逕自走進廚房，從開放式櫥櫃取出兩只玻璃杯。

「在我面前，妳可以盡情做自己。今後只要妳需要，我隨時都會爲妳準備一杯紅酒。」我倒了兩杯酒，將其中一杯放到她面前的桌上。

怡倫姊呆呆看著我，見我舉起酒杯，才拿起自己的酒杯與我碰杯。

她閉著眼睛喝下一口寶石紅色的酒液，緩緩吐出一口長氣，臉上露出陶醉的神情。

「謝謝妳，感覺像是和久違的老朋友重逢，我比自己以爲的更懷念葡萄酒的滋味。」怡倫姊笑著對我說完，又喝了一口酒，突然話鋒一轉，「對了，瑤瑤，妳是不是有男朋友了？」

我心中一凜，「沒有啊，為什麼這麼問？」

「前幾天，我看見妳跟一個年紀與妳差不多的高個子男生，站在妳家樓下說話。」

她看到的那個男生應該是高偉杰，高偉杰前幾天有事經過附近，順道拿東西過來給我。

我不動聲色道：「哦，他只是我的一個好朋友啦，還是他幫我找到這間房子的。」

「這樣啊，我還在想要是妳有了男友，對方應該會時常來找妳，以後我還是不要太常去妳家叨擾比較好。」

「怡倫姊不用擔心這種事，我不會談戀愛的。」怡倫姊打趣道。

「為什麼？」她一臉驚訝。

「我只是覺得，自己沒機會再愛上別人了。」

「妳還那麼年輕，怎麼會沒機會？妳長得漂亮，又善解人意，一定很受歡迎。如果……妳是曾經被某個人傷透了心，事過境遷之後，傷痕必然會漸漸痊癒，妳遲早會再碰上眞心喜歡的人，然後得到幸福的。」怡倫姊寬慰我，她誤以為我是遭逢情傷，想法才如此悲觀消極。

「既然怡倫姊這麼說，那我就期待那個人能早日出現嘍。」我輕輕一笑，見兩人的玻璃杯都空了，便拿起酒瓶倒酒，順勢開啓另一個話題，「妳和妳先生是怎麼認識的？」

「以前我還在上班時，他是我們公司的客戶，他約我出去吃飯，就越走越近了。」

「原來如此，妳先生就是那個讓妳得到幸福的人對吧？聽了怡倫姊剛才那番話，感覺妳過去也曾被誰傷透了心。」

「每個人多多少少都有過這種經驗呀，在遇到我老公之前，我談過的幾場戀愛都挺糟糕的。」她笑著回答，低頭啜了口紅酒。

「是喔？那妳談過的那幾段戀情，哪一段最刻骨銘心、最令妳難忘？」

怡倫姊拿著玻璃杯的手稍微停頓，神情有幾分恍惚，然而那樣的神情轉瞬即逝。

「我不太記得了，嫁給我老公後，我對過去交往過的對象幾乎都沒了印象，連臉都想不起來。」

我沒有遲鈍到聽不出怡倫姊不欲深談，於是適時打住，將話題轉回到她先生身上，笑道：「我懂，眼前人才是最重要的嘛。怡倫姊的先生是什麼樣的人啊？」

她思忖片刻，緩緩給出答案：「他對我很寬容，是我見過最正直善良的人，是好丈夫，更是好爸爸。」

「哇，眞羡慕怡倫姊能遇上這樣一個好男人，那他有沒有說過喜歡妳哪裡？」

「他說……他覺得我很乖，是個好女孩。」怡倫姊的嗓音隱含一絲羞怯。

我深深看了她一眼，語帶欣羡道：「感覺妳和妳先生到現在還是很甜蜜耶，有機會眞想見見妳先生。」

她笑了兩聲，「那有什麼問題？我跟他提過妳。等他下星期從國外回來，我再邀妳過來吃飯。」

認識怡倫姊的第二十一天，我終於正式見到了那個男人。

那是我第二次來到怡倫姊家，他親自爲我開門。

「嗨，瑤瑤，歡迎妳來。」

男人眉目柔和，微微彎起的細長眼眸在眼尾處牽起幾條細紋，構築出一張溫暖的笑容。

他一開口，我的呼吸便倏地凝滞，心臟彷彿同時停止跳動，耳邊除了這個男人的聲音，什麼都無法聽見。

那個聲音我十年來沒有一天忘記過。

Chapter 03

王嘉翔，王嘉嫣。

他們是蓓蓓阿姨先後與兩任男友所生下的孩子，也是我的表弟和表妹，我叫他們翔翔、嫣嫣。

蓓蓓阿姨是我媽媽唯一的妹妹，她帶著兩個年幼的孩子和我們家住在同一條街區，白天去上班前，會將翔翔、嫣嫣託付給我媽媽照顧。

蓓蓓阿姨雖然不是特別漂亮，異性緣卻很好。從小她就很疼我，常買禮物給我，因此我很喜歡她，哪怕她未婚生下兩個孩子，我也不覺得那是什麼值得大驚小怪的事，對我來說，蓓蓓阿姨更需要被指責的是她偶爾「不負責任」的行徑。

蓓蓓阿姨待孩子很好，不會讓孩子餓到冷到，但每逢她跟媽媽或外婆吵架，就容易失去理智，做出把孩子單獨留在家中的危險舉動。嫣嫣還是嬰兒時，她也能不管不顧逕自消失一整夜，到了隔天才回來，有幾次嫣嫣還差點發生意外。

每次蓓蓓阿姨跟媽媽起衝突，我就得趕緊帶著備份鑰匙奔去蓓蓓阿姨家，確認她是否又把翔翔、嫣嫣丟在家裡不管。

不懂事的父母，通常會養出比較早熟的孩子，這句話是有幾分道理的。

翔翔在很小的時候就展露出身爲哥哥的責任感，六歲的他已經能在蓓蓓阿姨不在時充當起保母，爲妹妹沖奶粉、換尿布，在她哭鬧時給予安撫，鎮定等待蓓蓓阿姨回來；碰上處理不了的狀況，翔翔才會打電話給我媽，只要接到翔翔半夜打來的電話，就能猜到蓓蓓阿姨又放著家裡不管了。

蓓蓓阿姨跟媽媽吵架的原因，不外乎是與照顧兩個孩子有關，尤其是嬿嬿。

翔翔的父親是蓓蓓阿姨的昔日同事，早已不知去向；而嬿嬿的父親和蓓蓓阿姨是在應酬場合認識的，對方大有來頭，是國內某知名食品集團高層，還是有婦之夫。有次在家裡看電視時，媽媽指著出現在新聞上的一名中年男人，告訴我這名相貌堂堂、西裝筆挺的男人就是嬿嬿的生父。

有人說他跟蓓蓓阿姨只是一夜情，也有人說他們確實短暫交往過，然而眞相只有蓓蓓阿姨知道，唯一可以確定的是，蓓蓓阿姨並沒有讓對方得知自己懷孕。

媽媽看不慣蓓蓓阿姨複雜的交友關係，更厭惡她不負責任的行爲，害得我們老是疲於奔命。一次兩人爆發嚴重口角，媽媽言詞尖銳奚落蓓蓓阿姨，說她要是沒能力照顧嬿嬿，就把嬿嬿交還給生父，就算是私生女，嬿嬿也會過得比現在更好；蓓蓓阿姨氣得放話威脅，說誰想把嬿嬿帶離她身邊，就必須先踏過她的屍體，姊妹倆就此鬧翻。

蓓蓓阿姨不再把孩子交給媽媽照顧，媽媽也鐵了心不再見蓓蓓阿姨，只有在接到翔翔的緊急電話時，媽媽才會叫我過去看看。

當時我還只是個小學六年級生，無法明白大人世界裡的複雜糾葛，也做不到去責怪蓓蓓阿姨，只能無能爲力地將心中的怨氣，發洩在某個無辜的人身上。

有一天，我意外得知，嬿嬿生父的小兒子跟我讀同一所小學，名叫高偉杰。

高偉杰小我一歲，我曾多次在校門口目睹他搭乘高級私家轎車上學。

高偉杰日常穿著的衣服一看就要價不菲，連書包都是名牌。想到每天只能穿別人贈送的舊衣服、得不到蓓蓓阿姨妥善照料的嬿嬿，我心中湧現出強烈的不平，開始看高偉杰極度不順眼。

偶爾在校園裡與高偉杰擦肩而過，我都會用力撞向他的肩膀，甚至還撞翻過他放在書包側袋的水壺，水壺裡的水潑濕了他一身，我非但不道歉，還冷冷瞪了表情驚愕的他一眼，逕自大搖大擺地昂首走掉。

一次見穿堂除了我和他沒有別人，我又想故技重施，便快步走向高偉杰，把他拿在手上的幾本書撞飛出去，他像是再也忍無可忍，終於出聲叫住我，質問我爲何要三番兩次故意撞他。

眼看四下無人，我也不打算再隱忍，用理直氣壯的口氣回嗆：「我討厭你，不行嗎？」

「妳爲什麼討厭我？我又不認識妳。」

「我就是討厭你！超級討厭，看到你我就一肚子氣！」

「妳很莫名其妙，我要告訴老師！」

這句話徹底激怒了我，我站到他面前，不客氣地指著他的鼻子罵：「你去說呀，誰怕你？你以爲你很了不起？還不是因爲你爸爸，你才能過得這麼舒服，什麼都能擁有，憑什麼就只有你能過好日子？明明都是你爸的小孩，爲什麼嫣嫣就得過得這麼辛苦？」

「妳在說什麼啊？」他一臉莫名。

「除了你，你爸在外面還有一個三歲的女兒，是他跟我阿姨生的！」我不經思索便脫口而出。

高偉杰全身僵直，嘴巴張得大大的。

「騙人，妳少亂說！」

「我才沒亂說，你爸是叫高慶霖對吧？他跟我阿姨外遇，我表妹嫣嫣，就是你爸的女兒，不信的話，今天放學我帶你去見她，你敢去嗎？」

高偉杰說不出話，眼眶逐漸發紅，像是快哭出來了。

看著他的神情，我感到很痛快，正想再說些什麼，眼角餘光注意到有人往這邊走過來，我悻悻然地閉上嘴巴，匆匆轉身跑開。

等到恢復冷靜，我才驚覺自己犯下了多麼嚴重的錯誤，心中滿是懊悔。

要是高偉杰把這件事告訴他爸爸，他爸爸找上門把嫣嫣帶走，那該怎麼辦？我不僅會被媽媽痛罵一頓，蓓蓓阿姨更不會原諒我。

在煎熬中度過了這一天，翌日中午，班上一個男同學遞給我一封信，信件的封口處用口紅膠黏得嚴嚴實實，彷彿深怕被別人看見內容。男同學說，這封信是五年級的高偉杰託他轉交。

我拆開信封，裡頭有一張摺起來的字條，高偉杰要我放學後獨自去到公車站附近的親子公園會面，並且不能告訴任何人，還強調如果不希望他將昨天的事一狀告到我父母那裡去，最好乖乖照辦。

我有點難以相信這張字條是高偉杰親筆寫下，字條上的字跡相當成熟，完全不像是出自小學生的手筆。

明明這封信充滿威脅意味，卻也讓我看見一絲生機。擔心東窗事發的恐懼，遠遠勝過這封信帶給我的不安，於是放學後，我依照信上的指示，去到那座公園，很快看見背著書包，站在牽牛花牆前的高偉杰。

令我意外的是，高偉杰的身邊居然站著一名高中男生，白色制服襯衫左側胸口處繡著他的名字——高海珹。

我立刻恍然大悟，他應該是高偉杰的哥哥，我收到的信其實是他寫的。

高海珹有一雙讓人不敢直視的清冷眼眸，只是被他注視著，我整個人就緊張得說不出話來，連挪動雙腳都不敢。

「昨天妳對我弟弟說的那些話，是確實有憑有據，還是只是隨口胡說？」

高海珹開口時，聲音不帶情緒，卻仍令我心生膽怯，腦袋一片空白。

我的兩隻手緊緊抓著裙子兩側，低頭不發一語。

高海珹繼續發話：「不要以爲妳年紀小，就什麼話都能隨便說，妳要是不知悔改，我會讓妳獲得應有的懲罰。」

儘管我的確爲自己的行爲深感後悔，卻怎樣都無法忍受他質疑我是個信口雌黃的騙子。自心底陡然竄起的一團熊熊怒火，迫使我勇敢迎上高海珹的目光。

「我說的都是眞的！我阿姨親口說過我表妹的親生父親名叫高慶霖，當初我阿姨懷孕的時候，瞞著你爸爸，悄悄生下了我表妹。我相信她沒有騙人，我也不會隨便拿這種事亂開玩笑。」我強作鎮定地爲自己辯白。

高偉杰一聽，伸手揪住哥哥的衣襬，抬頭望向他的眼神盈滿不安。

「妳說妳表妹今年三歲？她叫什麼名字？」高海珹又問。

「王……王嘉嬿。」我吞吞吐吐，無法確定他是否相信我說的話。

「我要妳現在回去，偷偷把她帶出來見我們，妳做得到嗎？」

我大驚失色，「為、為什麼要這樣？」

「妳那麼堅持我們在外面有一個妹妹，我當然不會坐視不管。妳不就是想讓我們知道妳表妹的存在，才告訴我弟弟這件事嗎？如果想要我相信妳，就照我說的去做；要是妳拒絕，我就當妳在騙我，我會立刻聯繫妳的父母和阿姨，讓妳阿姨為她的謊言付出代價。」高海珹面無表情，語氣依舊沒有任何起伏。

那一刻，我很肯定高海珹絕非虛張聲勢，他是真的會這麼做。

我手腳發冷，左思右想找不到任何解套的方法，無奈之下，只能顫聲道：「我把我表妹帶過來，你就不會向我爸媽還有阿姨告狀？我知道自己錯了，我不是故意要告訴高偉杰的，我只是希望嬿嬿也能跟高偉杰一樣，身邊有用心的大人照顧，有許多漂亮的衣服可以穿……」

說著說著，我忍不住潸然淚下。

「妳依照我的要求去做，我就不會跟任何人告狀。」

也不知道爲什麼，聽高海瑊這麼說，我竟莫名安下心來。

我舉起手背擦去臉頰的淚痕，答應了他的要求。

由於媽媽拒絕再幫蓓蓓阿姨照顧翔翔和嬿嬿，蓓蓓阿姨便把嬿嬿交給住在附近的保母照顧。有時候我會幫蓓蓓阿姨去接嬿嬿回家，保母也認識我，因此我很順利就帶走嬿嬿，與在對面超商等候的高海瑊、高偉杰會合。

高海瑊將嬿嬿仔細打量過一遍，接著伸手把她抱了起來。

面對陌生的高海瑊，向來怕生的嬿嬿竟難得沒有哭鬧，乖順地任由他抱著。

高海瑊和嬿嬿對視一陣，便輕輕將她放下，神態自若地對我說：「可以了，帶她回去吧。今天的事不能告訴任何人。」

我忐忑不安地開口：「這樣就可以了？你眞的不會告訴我爸媽？」

高海瑊點點頭，「我說到做到。」

我如釋重負，露出放心的笑容。

我才剛抱起嬿嬿走出超商，就被剛放學的翔翔叫住，他正要去保母家接嬿嬿。

顧慮到高海瑊和高偉杰還在身後，我要翔翔先帶嬿嬿回家，表示等會我再去他家陪他寫作業，還答應會帶糖果過去給他。

翔翔牽著嬿嬿的手離開後，果不其然，高海瑊向我問起翔翔是誰，我如實回答了他。

「他幾歲？」

「八歲，他念小學二年級，蓓蓓阿姨不在家的時候，都是他負責照顧嬿嬿，他眞的很乖。」

看著翔翔和嬿嬿相偕離去的矮小背影，高海珹陷入了沉默，不知道在想什麼。

過了大約一分鐘，高海珹朝我點了下頭，也帶著弟弟離開，高偉杰走到一半還回頭看了我一眼。

好不容易危機解除，我在心中暗暗立誓，以後絕對不會再闖禍了。

隔天在學校遠遠看見高偉杰，我馬上繞道而行，下定決心不再跟他扯上關係。

然而一個星期後，高偉杰竟又託同一位男同學送信給我，要我放學後再次去到上次那座公園。我以爲高海珹又有什麼要求，一整天無心上課，坐立難安。

等我到了公園，卻發現這次只有高偉杰一個人站在牽牛花牆前。

「我哥哥要我把這個給妳。」他將寫有一串數字的便條紙遞給我，「這是我哥的手機號碼，他說如果妳表妹發生緊急的事，找不到大人幫忙，就打這支電話給他。」

我怔怔看著那串號碼，一時反應不過來。

爲什麼高海珹要這麼做？他是因爲關心嬿嬿嗎？

高偉杰繼續說下去：「我哥還要我問妳，妳希望我爸爸知道妳表妹的存在嗎？還有，要是我爸爸知道了，決定把妳表妹帶走，讓妳跟妳阿姨再也見不到她，妳願意嗎？」

「不要，不可以！」我悚然一驚，大喊出聲。

雖然我希望嬿嬿能過上好日子，但要是因此失去嬿嬿，讓蓓蓓阿姨傷心欲絕，我會悔恨一輩子。

高偉杰看起來像是安心了，表情變得輕鬆，「我哥說如果妳不同意，他就不會告訴我爸爸，所以妳一定要保密。今後要是碰上解決不了的急事，妳就打電話給我哥。」

後來我才明白，這是高海珹對我的懷柔手段。他一邊攏絡我，卻也一邊脅迫我，警告我別再莽撞行事，否則我可能會永遠失去嬿嬿。

我答應高偉杰，慎重地把那張便條紙收進鉛筆盒裡。

這時高偉杰從書包取出一個頗具厚度的小盒子，裡面裝滿時下小男生最喜歡的玩具戰鬥卡，他要我把整盒卡片都交給翔翔。

「這是你的蒐藏吧？你要送給翔翔？為什麼？」我大為吃驚。

「我就忽然……對這些沒興趣了，如果他不想要，妳再還我。」他低聲說。

「他當然想要，每次經過玩具店，他都一直盯著這些卡片看。」伸手接過盒子，我雀躍不已，「謝謝你，高偉杰，翔翔一定會很開心！」

「喔。」他羞赧一笑。

「那個……對不起，我太幼稚了。我不該那樣對你，我不會再那麼做了。」我囁嚅道。

「沒關係。」他爽快地接受我的道歉。

我鬆了一口氣，高偉杰是個很溫柔的人，我是眞心體悟到自己當初不該遷怒於他。

「對了，你怎麼知道我念哪一班？難道是因爲我老欺負你，你就去調查我，準備向老師告狀？」

「不是那樣的。」他猶豫了一下才說出眞正的原因：「上個月妳參加學校舉辦的卡片製作比賽，得到第二名上臺領獎，我聽司儀報出妳的班級和姓名……」

那張參賽卡片費了我許多心思，花了整整一個星期才完成。

高偉杰又說：「在公布得獎名單之前，所有參賽作品全都展示在美術教室裡，我去看了好幾次，妳做的世界地圖立體卡片，是所有卡片裡面最有創意的。沒想到妳只拿下第二名，我有點生氣，妳的卡片比第一名好太多了。」

他這番話令我相當意外，不明白這是什麼道理。

「你喜歡我做的那張卡片，還去看了好幾次？我那樣欺負你，你卻還為我比賽只拿下第二名抱不平？」

高偉杰點頭。

「你怎麼這麼奇怪？照理說你應該不希望我得獎才對吧？」我傻眼。

「……這是兩回事，我喜歡妳做的卡片，當然會希望妳得到第一名。」他一副理所當然的口吻。

我啞口無言，更加自慚形穢，卻也不禁被他所感動。

「那……那張卡片就送你吧，比賽結果出來後，卡片就還給參賽者了。你如果想要，明天我就把卡片帶過來。」

他眼睛一亮，「真的？」

「嗯，明天放學你再過來這裡，我拿給你。」我露出由衷的笑容。

與高偉杰因此生出友誼，是我始料未及的發展。

即使沒有特別約定，往後我和他在校園裡遇見，都很有默契地裝作互不認識；需要見面時，則會約定放學後在公園碰頭。

有一次高偉杰交給我一袋要送給嬤嬤的新衣和娃娃，全是高海琙準備的，而高偉杰也慷慨地把自己的玩具送給翔翔。

當蓓蓓阿姨問起那些漂亮衣服和玩具的由來，我謊稱班上某位家境富裕的女同學，家裡剛好有與嬿嬿年紀相仿的妹妹，女同學和我交好，便送了我很多她妹妹穿不過來的衣物。儘管蓓蓓阿姨有些半信半疑，但見到嬿嬿穿上新衣的可愛模樣，她也沒再說什麼，僅要我好好謝謝同學。

日子一長，我感覺得到高海珹和高偉杰始終都有把嬿嬿放在心上，甚至愛屋及烏，對翔翔多加照拂。我漸漸放下對他們兄弟所抱持的敵意與戒備，和高偉杰也漸趨熟稔。

某個週六，趁著蓓蓓阿姨不在家，我偷偷帶高偉杰過去看嬿嬿和翔翔。

得知高偉杰就是送玩具給自己的人，翔翔對高偉杰充滿感激和崇拜，十分願意親近他，兩人坐在客廳地上開心玩起戰鬥卡片。

看到高偉杰這次又把手上戴的超人手錶脫下來送給翔翔，我腦中驀地閃過一個猜測。

「你以爲你很了不起？還不是因爲你爸爸，你才能過得這麼舒服，什麼都能擁有，憑什麼就只有你能過好日子？」

翔翔去上廁所的時候，我小聲問高偉杰：「你是不是因爲之前我說了你……所以才對翔翔那麼好？」

高偉杰微微臉紅，低頭不語。

「你不用這麼做啦，都是我不對，你對翔翔和嬿嬿已經夠好了，不需要再把你的東西給他了。」我很愧疚。

「沒關係，如果我有想要的東西，我哥哥也幾乎都會讓給我。而且我還有其他支手錶，送翔翔一支不會怎樣。」

我一直都覺得高偉杰有一顆很柔軟的心，但我沒想到看上去冷酷的高海珹對待自己的弟弟也那麼溫柔。

思及此，我忍不住又提出疑問，爲什麼當初高海珹堅持非要見上嬿嬿一面？只是爲了測試我嗎？而他現在願意這樣私下關照嬿嬿，是不是表示他已經相信嬿嬿是他父親的孩子？如果是，他又是如何確定這一點的？

沒想到高偉杰回答我，高海珹拿了嬿嬿的頭髮去做檢驗，檢驗結果證實嬿嬿確實跟他們有血緣關係。

「你是說像電視劇上演的那樣，拿頭髮或牙刷去做DNA檢驗？」我瞪大眼睛。

「嗯。」

所以那時高海瑊在超商裡抱起嫣嫣，是為了從她身上取得頭髮？

高海瑊的心機深沉令我瞠目結舌，他一點也不像才大我四歲。

「要是你爸爸知道嫣嫣是他的女兒，眞的會想把她帶走嗎？」我深深看了高偉杰一眼。

「我不知道。」他的神情忽然轉為凝重，「不過，我哥哥說絕對不能讓我媽媽知道嫣嫣的存在，不然後果會很嚴重。」

「多嚴重？她會跟你爸爸吵架，甚至離婚嗎？」

他搖頭，「我哥說比這更可怕，但細節他不肯多說。」

儘管才見過幾次面，但我就是覺得高海瑊不是那種會危言聳聽的人。

我不由得胸口一陣發涼，慶幸自己沒有眞的鑄下大錯。

眼下氣氛有些沉重，我換了個輕鬆的話題，「欸，我送你的那張卡片，後來你怎麼處理？」

「我把卡片掛在書桌旁邊的牆上。」高偉杰好奇問我：「妳為什麼會選擇以世界地圖為主題啊？」

「因為我的夢想是環遊世界呀，以後我一定要搭飛機到世界各地旅行，繞地球一圈！」我興致勃勃道，「高偉杰，你有出過國嗎？」

「嗯，我去過加拿大和日本，也去過法國、挪威。」

「哇，好好喔！」我羨慕不已。

「以後我們也可以帶嫣嫣跟翔翔出國玩。」

我沒想到高偉杰會這麼說，笑著應允：「好呀，一言爲定！」

這時翔翔突然神色驚慌地從房間跑出來，對我喊：「瑤瑤姊姊，嫣嫣的身體好燙，好像發燒了。」

聞言，我跳起來奔進臥房，嫣嫣正蜷縮在床上睡覺，我摸向她的身體，確實滾燙，連忙從抽屜找出耳溫槍爲她量體溫，她果然發燒了。

我馬上打電話給蓓蓓阿姨，她沒接，打回家裡去，爸媽不知爲何也沒有接。

最後是高偉杰打電話叫計程車，我們三人帶著嫣嫣趕往最近的醫院。

等到確認嫣嫣沒有大礙，我才借用醫院急診室的電話順利與爸爸聯繫上；而高偉杰告訴我，他也通知了高海珹。

就在這時，一名西裝筆挺、神情嚴肅的中年男人快步朝我們走來，停在高偉杰面前。

「偉杰，你怎麼會在這裡？」

男人的眉宇和高偉杰有幾分神似，我立刻猜到這名男人是高偉杰的父親，高慶霖。

高偉杰的反應證實了我的猜測。

他緊張地反問：「那爸、爸爸呢？爲什麼會過來醫院？」

「爸爸的一個朋友生病住院，我過來探病。你怎麼了？身體哪裡不舒服嗎？」高慶霖擔憂地端詳兒子，並看了我和翔翔一眼。

「不是我，是我朋友的表妹發燒了，他們的父母剛好都不在家，所以我陪他們來醫院。」高偉杰強作鎮定，臨危不亂地向父親解釋。

「這樣啊？」高慶霖露出微笑，拍拍兒子的肩膀，轉而對我親切道：「妹妹，聯絡上妳表妹的爸媽了嗎？」

「還、還沒有。」我喉嚨發乾，心跳如擂鼓。

替嫣嫣診治的醫生看見高慶霖，過來跟他打招呼，兩人似乎認識。

高慶霖主動問起嫣嫣的情況，醫生表示嫣嫣疑似感染肺炎，有輕微脫水情形，還說她有頭蝨，也有營養不良的跡象。

「怎麼會這樣？」高慶霖擰眉看了躺在病床上的嫣嫣一眼，再次問我：「小妹妹，要不要叔叔留在這裡陪你們等家長過來？」

我嚇得猛搖頭，「不用了，我已經聯絡上我爸爸，他跟我媽媽很快就會到了。」說完，我偷偷朝高偉杰投去求救的眼神。

「爸爸，既然這樣，我們就先回家吧。」高偉杰連忙拉住父親的手。

「好吧。」高慶霖點頭，俯身分別拍了下我跟翔翔的肩膀，「你們一定嚇到了吧？沒事了，你們好好陪著妹妹，不要擔心。」

高偉杰和他父親離開的時候，不忘回頭對我們揮手道別。

結果那天只有媽媽先來醫院，蓓蓓阿姨幾個小時後才姍姍來遲。媽媽氣得痛罵蓓蓓阿姨沒有負起母親的責任，兩人在醫院裡大吵一架，把翔翔嚇哭了。

到了週一，明明我跟高偉杰沒有事先約定，卻在放學後不約而同去到公園，我們坐在鞦韆上交談。

「嫣嫣怎麼樣了？」他關心地詢問。

「蓓蓓阿姨說她明天就可以出院。」回想起嫣嫣緊急送醫那天，我仍餘悸猶存，「我真的快嚇死了，沒想到會在那種情況下見到你爸。」

「我也是。我一回家就跟我哥說了這件事，他也很意外。」高偉杰臉上浮現驚恐，看得出他受到的驚嚇不比我小，「我爸後來還問我，嫣嫣的媽媽是不是沒有好好照顧她？所以嬿嬿才會那麼虛弱瘦小。」

「我想也是，聽到醫生說嬿嬿有營養不良的跡象，正常人都會擔心吧……」我踢著腳邊的石子，心裡百感交集，忍不住脫口而出，「你爸看起來很可靠，如果是你爸來照顧嬿嬿，或許嬿嬿就不會生病了。」

說完，我又趕緊補上一句，「高偉杰，我說說而已，你別把這些話說給你哥聽。」

「嗯。」彷彿能理解我的想法，他點點頭，「其實……我也有一件事不敢跟我哥說。我爸囑咐我，要我今後透過妳不時關心嬿嬿的近況，如果嬿嬿的媽媽沒把她照顧好，他再想辦法幫助嬿嬿。」

高偉杰神色憂愁，垂頭喪氣，「如果哥哥知道這件事，一定會很生氣，罵我幹麼去嬿嬿家玩，要不是這樣，爸爸也不會見到嬿嬿，還那麼關心她。」

「可是……是我找你來玩的，你又沒有錯。」我連忙寬慰他，急中生智道：「不然以後你爸爸問起，你就說嬿嬿過得很好，沒再生病，這樣他就不會再對嬿嬿過分關注，你也不必煩惱要不要把這件事告訴你哥了，怎麼樣？」

高偉杰眨眨有些泛紅的眼睛，輕輕點頭。

幸好先前醫生有嚴厲叮囑蓓蓓阿姨，要她多注意嬿嬿的營養攝取與生長曲線，蓓蓓阿姨大概也是被嬿嬿的這場病嚇到，照顧起嬿嬿用心多了，於是我漸漸安下心來。

然而好景不常，兩個星期後的一個晚上，爸媽出門喝喜酒，我洗完澡從浴室出來，便聽見家裡電話鈴聲大作，一接起就聽到翔翔驚慌失措的哭聲從話筒傳來。勉強聽明白翔翔夾雜在哭聲裡的話語後，我嚇得立刻掛掉電話，改撥打一一九叫救護車，接著衝進房間拿出藏在鉛筆盒裡的紙條，再奔回電話前，撥出紙上的那組手機號碼。

當高海城帶著高偉杰一同抵達醫院急診室，我一看見高海城的臉，終於再也忍不住，哇的一聲哭了出來。

翔翔在廚房清洗嬿嬿的奶瓶時，注意到在客廳玩耍的嬿嬿忽然沒了聲音，他機警地跑回客廳查看，赫然發現嬿嬿臉色青紫倒臥在地上，一動也不動，他馬上哭著打電話向我求救。

醫生說嬿嬿誤食彈珠，導致窒息昏迷，幸好及時發現，才沒導致憾事。

一聽到醫生宣布嬿嬿沒事了，我不由得雙腿一軟，跪在地上跟翔翔抱頭痛哭，高偉杰站在旁邊眼眶也跟著紅了。

這一天，蓓蓓阿姨同樣不知去向，我還是聯繫不上她。

那是我第一次這麼氣蓓蓓阿姨，氣她沒有學會教訓、依然故我，氣她如此輕忽對待自己的孩子。

經過這一次，媽媽的態度終於軟化，同意在蓓蓓阿姨不在家時，把嬿嬿和翔翔接到我們家裡照顧。

隔天，我本來以爲高偉杰放學後會去到那座公園，問我嬿嬿後續的情況，然而他卻沒有出現在那片牽牛花牆前。

接連三天的放學後，我都沒在公園裡見到他。

到了第四天，由於那天是我一個好朋友的生日，約好晚上要去她家慶祝，所以我在放學後直接回家，打算換上便服再出門。

只是才剛回到家裡，我就接到翔翔打來的電話，說蓓蓓阿姨出去了，我只好去將他和嬿嬿接過來，不料媽媽臨時要去外面買東西，叫我等她回來再去同學家。

時間一分一秒過去，眼看就要趕不上聚會，媽媽卻遲遲未歸，我心急如焚，心想媽媽應該就快要回來了，我提前幾分鐘出門應該沒關係吧？於是我問了正在看卡通的翔翔能否自己看家，他乖巧地點點頭，還說他會照顧好嬿嬿。

確認過廚房的瓦斯爐都關了，客廳也沒有放置對嬿嬿具危險性的物品，我放心地帶著要送給朋友的禮物踏出家門。

打開一樓鐵門時，我看到一個身材高瘦、戴著黑色口罩的男人站在門外。

「小妹妹，妳要出門啊？」男人語氣親切，眼眸含笑。

他說話時帶著十分特殊的鼻音，我第一次聽到這樣的嗓音。若是平時的我，一定會馬上察覺此人並非大樓住戶，對他升起些許疑心，然而當時趕著出門的我無暇思考，隨便對他點了個頭後，門也沒關就匆匆跑開。

在同學家才剛切完生日蛋糕，還沒來得及吃一口，便接到媽媽打到同學家裡的電話。

我不記得自己是怎麼掛掉電話的，只感覺全身像是浸在冰冷刺骨的深水裡，透體發寒，三步併作兩步跌跌撞撞地趕回家。

還沒走到巷口，遠遠便看見前方天空升起的巨大煙霧，我努力擠進四周圍觀的人群，看到好幾輛消防車停在我家樓下，而我家陷入了一片張牙舞爪的猙獰火海。

不久媽媽在人群中找到了我，她哭著說嬿嬿和翔翔被困在屋裡，還沒被救出來。有過先前的教訓，我已經把高海珹的手機號碼背下來了，我衝到最近的電話亭，打電話給高海珹，淚流滿面地問他該怎麼辦。

高海珹和高偉杰趕來現場時，兩個人都臉色慘白，木然望著被烈火及濃煙吞沒的大樓。

「有人被救出來嗎？」高海珹啞著聲音問我。

「有，大部分住戶都被救出來了，可是翔翔跟嬿嬿沒有，他們還沒有……」我哭得上氣不接下氣，抓緊高海珹的衣服，「怎麼辦？他們一定非常害怕，該怎麼辦？」

「冷靜點，火勢似乎已經控制住了，不會有事的。」高海珹把手放在我顫抖不止的背上，給予我力量。

待大火撲滅，奄奄一息的嬿嬿終於被消防員從大樓裡抱出，送上了救護車，我喜極而泣，高海珹和高偉杰也鬆了一大口氣。

然而幾分鐘後，我們共同目睹了這輩子再也忘不掉的畫面。

兩名消防員用擔架抬出一具蓋著白布的小小身軀。

儘管看不見面容，我仍從那人手腕上的手錶一眼認出那就是翔翔。

這起火災事故，翔翔是唯一的罹難者。

事發當下，蓓蓓阿姨是第一個被送去醫院的人。那天她臨時取消本來的行程，準備到我們家把翔翔和嬿嬿接回去，卻在走到巷口時，赫然看見大樓陷入火海，驚駭過度之下，竟暈了過去，旋即被送往醫院。

得知翔翔遭逢不幸，蓓蓓阿姨似是打擊過大，竟一聲不響拋下還在醫院裡的嬿嬿遠走高飛，就此音訊全無。

家裡的房子被燒毀了，我和爸媽只得暫時搬到外婆家。

那一段時間我無法去上學，終日以淚洗面，深陷在失去翔翔的悲慟裡。

警方調查起火原因，高度懷疑是人爲縱火，逐一徵詢我們全家和住在附近的鄰居，事發當日是否曾看見可疑人士進出大樓，我馬上想起我在出門前遇到的陌生男人。

根據鄰居描述，我發現除了我，並沒有其他人看見那名詭異的男子。我越想越心虛害怕，竟不敢將此事告訴警方，緘默不言。

由於找不到嫌疑人，警方最後只能簡單結案，而我的世界就此天崩地裂，再也回不去原本的模樣。

嬿嬿還在醫院接受治療，爸媽便向我宣布一個驚人的消息，他們決定將嬿嬿交給嬿嬿的生父高慶霖扶養。

高慶霖主動聯繫爸媽，表明他已得知嬿嬿的身世，有意扶養嬿嬿，並再三承諾會用心照顧她。縱然萬分不捨，媽媽和外婆卻一致認爲這對嬿嬿是最好的安排，於是同意了。

等嬿嬿出院，她就會被接去高家，不再跟我們一起生活。

爸媽沒有告訴我，高慶霖是如何得知嬿嬿是他的女兒，我只想到一種可能——應該是高海珹或高偉杰對父親說出眞相。

但是他們明明說過，倘若嬿嬿的身世曝光，將會導致嚴重的後果，爲什麼還要說出來？爲了解開這個謎團，我勉強打起精神回到學校，前往高偉杰就讀的班級，想找他問個清楚，卻被告知高偉杰轉學了。

那日傍晚，我用公共電話撥打高海珹的手機號碼，他沒多久便接起。

「今後會有人照顧嬿嬿，妳不用擔心。」

高海珹簡短說完這句就掛斷，完全不給我多問的機會。

隔天放學回到家，爸媽說嬿嬿被高家的人提前接走了，我大受打擊，沒想到自己連和嬿嬿做最後道別的機會都沒有。

過了兩個星期，我再次打電話給高海珹，他的手機號碼卻變成了空號。

他不想我聯繫他嗎？我再也見不到嬿嬿了嗎？

想到這裡，我的心空落落的，彷彿破了一個大洞。

翔翔和嬿嬿成了我不忍想起，卻又無法忘卻的傷痛回憶，對於他們以不同的方式離開我的生活，我非常傷心，同時充滿愧疚。

爲了逃避罪惡感，升上國中後，我結交了壞朋友，放任自己做出許多大人無法接受的事，沉浸在種種新鮮刺激裡。

我何嘗不知道，這並不是我可以走上歪路的理由，但對當時的我來說，已經沒有比這更有效、更快速解救自己的方法，大人對我說的那些殷殷勸戒，於我沒有絲毫幫助。

在那一段人生最黑暗的時期裡，我數不清自己進出過警局多少次，爸媽從無可奈何，到最後對我忍無可忍，在我做出讓他們在眾人面前抬不起頭的重大醜事後，他們決定把我這個燙手山芋丟給在另一個城市獨居的小叔，從此眼不見爲淨。

小叔是爸爸最小的弟弟，性情孤僻且我行我素，在家族間並不受歡迎。平時他鮮少在家，對我漠不關心，但也不會管我，他願意收留我的唯一條件就是別給他惹麻煩。他對待我的態度，說好聽點是開放尊重，難聽點就是任我自生自滅。

小叔設下的條件，雖然沒有讓我停止脫序的行徑，卻讓我變得謹愼低調，小心不讓自己有機會踏進警局，以免小叔眞把我趕走，那我可眞落得無處可去了。

在我高二時，偶然在八卦週刊上讀到一篇聳動的報導，內容竟然與嬿嬿有關。知名食品集團副總裁高慶霖，被爆出有一名八歲的私生女，高慶霖的妻子得知消息後打擊過大，在一星期前呑藥輕生，雖然平安獲救，精神狀態卻急速惡化，被醫生判定可能無法再過正常的生活。

讀完這篇報導，我心中一片茫然。

嬿嬿去到高家明明已經過了五年，怎麼高慶霖的妻子直至近期才發現丈夫有私生女？

莫非高慶霖當年沒有將嬿嬿接回高家，而是先把她藏在別處，瞞著妻子偷偷扶養？只是我越想越覺得這個推論不合理，認定應該是報導內容與事實有出入，畢竟這是八卦雜誌，多的是捕風捉影、未經查證的不實報導。

儘管報導裡沒再透露更多嬿嬿的訊息，卻足以令我激動萬分。然而看到高慶霖妻子的遭遇，我不由得想起高偉杰以前曾經對我說過，如果讓他母親知道嬿嬿的存在，將會導致可怕的後果。

倘若報導內容爲眞，高偉杰母親的不幸我難辭其咎，如果最初我沒有去招惹高偉杰，高家不會得知嬿嬿的身世祕密、不會把嬿嬿接回去，高偉杰母親的悲劇也就不會發生。我不僅毀了蓓蓓阿姨的家庭，就連那對善良兄弟的幸福人生，也一併毀在了我的手裡。

我心中的悔恨和自我厭棄更重了。

又過了渾渾噩噩的日子好一陣子，我認識了一位大我一歲的同校學姊，儘管她和我一樣並未走在循規蹈矩的正途上，但她待我很好，不斷鼓勵原本打算放棄升學的我用功讀書，考上大學。

我被她說動了，在她的鼓勵下，我順利考上大學，並從小叔家搬出去獨自生活，可惜我跟這位學姊後來卻漸行漸遠，不再聯絡。

或許是覺得累了，抑或許是沒有繼續「走錯路」的必要，我暫且揮別糜爛的過去，努力讓自己像個正常的大學生，但我似乎早已忘了要怎麼正常生活，待我回過神來，不僅男友換過一個又一個，還經常在白天酒醒時，發現自己躺在昨晚才認識的男孩旁邊。

這樣的我會得到什麼樣的風評，自然不難預料，但我身邊依舊不乏追求者，只要我開口，隨時有人願意張手接納內心空洞的我。

別人怎麼想我不在乎，我只在乎到了晚上，身邊是否能有另一個人的體溫，讓我暫時忘記內心的冰冷，得以安穩入睡，遠離噩夢的威脅。

直到那一日，我去夜店參加朋友的慶生會，冷不防聽見隔壁桌一道低沉的男聲，頓時全身一僵，心臟在胸腔裡失控地急遽跳動。

過去十年，那道嗓音不斷在我的噩夢中反覆響起，如今竟然能在現實中再度聽見。

翔翔的死，是我一手鑄成，我一直都是這麼認為的。

如果我有耐心等媽媽回家以後再出門；如果我在樓下碰到那個男人、意識到他並非住戶時，有多問男人幾句話；如果我有好好關上一樓的大門……這些假設每一天都糾纏著我不放。

我好幾次夢見自己有乖乖等媽媽回家，並且在遇到男人時，慎重地將門關上再離開……但這樣美好的夢境總是在我每次睜開眼睛時，隨著眼角溢出的淚水消失無蹤。

我那由無盡的絕望與懊悔構築成的黑暗世界，此刻終於隱約照進了一絲光亮。

聽見那帶有鼻音的特殊嗓音，我僵硬地轉頭望去，出聲的是一名中年男人，身著白襯衫、黑西裝褲，手裡拿著酒杯。

男人有雙溫柔的眼睛，微笑時眼角會牽起幾條明顯的細紋，說話語速緩慢沉穩，他與同行者似乎是在談論公事。

過了大約一個小時，男人起身離去。我找了藉口從聚會中早退，坐上計程車尾隨男人回到住處，他住在一處高級社區，經濟狀況應該不錯。

後來我多次前往該社區暗中觀察，看過那個男人開車載妻女出遊，一家三口看上去家庭幸福。

找到這個男人，儘管照亮了前方的某一條路，我卻提不起勇氣邁步向前。

我太害怕了，我怕自己無能為力走完全程，我怕途中會看見不如自己預期的景色，於是我又怯懦地選擇逃避了，夜夜飲酒作樂，不讓自己有清醒的一刻。

兩個月後，我跟著一群朋友到夜店跳舞喝酒，盡興過後，醉醺醺的我踩著虛浮的步伐走出夜店，一時沒站穩，撞上兩名路過的年輕男生，其中一名男生好心地伸手扶住我。

友人過來攙扶我時，叫了我的名字，那名好心男生頓時定睛朝我的臉看來，我隱約能感覺到他灼灼的目光，但酒精朦朧了我的視線，我看不清他的面容。

隔天中午昏昏沉沉醒來，我接到友人來電，她說昨晚我在夜店門口撞到的那名年輕男生，請她轉交手機號碼給我。

友人笑嘻嘻地告訴我那個男生的名字，我悚然一驚。

「妳說他叫什麼？」

「高偉杰，他請妳務必要打電話給他。妳眞厲害，醉成那樣還有人想認識妳。」友人揶揄我。

在找到疑似害死翔翔的兇手後，與這件事緊密相連的那個男孩竟也再度出現了，簡直像是命運刻意的安排。

我心中一片混亂，不明白高偉杰爲何要找我，也不敢聯繫他，就這麼一天拖過一天。

直到我接到醫院打來的電話，醫生表示我的健檢報告出來了，請我儘快回醫院一趟。

步出醫院的那一天，我呆呆望著沒有白雲的天空，覺得身體輕飄飄的，腦袋前所未有地清明，心情更是無比平靜。

過去盤據在心上的那些恐懼、不安及悔恨，在知道自己可能死期將近的這一刻，竟像是成了笑話，一瞬間變得微不足道。

我立刻撥打高偉杰的電話，決定跟他見面。

當我從高偉杰口中得知他父親是如何得知嫣嫣的身世，以及他懷疑自己的母親可能與縱火案有關，我決定將我的祕密計畫告訴他，並請他助我一臂之力。

那時的我相信，這不僅是上天給了我贖罪的機會，更是翔翔在冥冥之中指引我走向那條唯一的道路。

Chapter 04

疑似害死翔翔的那個男人，名叫楊騰順。

與他正式見面前，我向怡倫姊打聽過他的喜好。

怡倫姊說，雖然楊騰順在家沒有喝葡萄酒的習慣，不過出外應酬時都會喝上幾杯，且最近特別偏好某個品牌的葡萄酒。

於是我參照她的意見，帶了一支法國頂級酒莊出產的紅酒，作爲送給楊騰順的見面禮。

「怡倫說妳在各方面都幫了她很多，她很幸運能交上妳這個朋友。」在餐桌上，楊騰順儼然一副好好先生的形象。

「楊大哥太客氣了。」我如此稱呼他，藉此與他拉近距離，「怡倫姊對我才是眞的好，她很關心我，怕我一個人住在外面吃不好，還特地煮了一大桌菜給我吃，簡直就像是我的親姊姊，我恨不得每天都能見到她。」

「那有什麼問題，歡迎妳常來我們家。」楊騰順爽快接話。

吃完午飯，楊騰順邀我一起喝我送來的那支紅酒。

「怡倫姊要不要也來一杯?」

怡倫姊端著切好的一盤水果過來時，我笑吟吟地問她。

「啊，怡倫不喝酒。」楊騰順馬上說。

「咦?眞的嗎?」我故作意外。

「是啊，怡倫滴酒不沾，我們兩個喝就好。」楊騰順擺了擺手，逕自代妻子拒絕。

我和怡倫姊偷偷交換過一記眼神，兩人會心一笑。

「不過瑤瑤喝酒沒問題嗎?」楊騰順忽然停住手上的動作，朝我看來。

我聽懂了他話裡的意思，「沒問題，醫生說偶爾少量飲酒，不至於會對身體造成負擔。」

「那就好，希望妳的身體早日康復。」

「謝謝。」

又聊了一陣，等到怡倫姊起身走進廚房準備其他點心時，我狀似無意地開啓了新話題。

「楊大哥，有沒有人說過你的聲音很特別?」

「哈哈，有啊，幾乎每個剛認識我的人都這麼說，大家都說我的聲音辨識度很高。」

「這樣楊大哥就不能做壞事了，你的聲音太好認，很容易被目擊者指認出來。」我半是玩笑半是試探道。

他頓了一下，看了我一眼，爽朗地笑出聲來，「說得也是，我怎麼沒想到這點？看來以後要小心了，哈哈。」

楊騰順問我，休學這一年，有沒有打算做點什麼事？我說自己對烘焙很感興趣，已經報名了相關課程，還承諾學成之後，會烤各種麵包送給他們一家品嘗。

楊騰順雙眼發亮，「光羽和我最喜歡吃麵包了，我很常叫怡倫去麵包店買麵包，非常期待能吃到妳做的麵包。」

這次聚會一直持續到接近晚餐時間才結束，楊騰順夫妻留我下來吃晚餐，我婉拒，解釋已與朋友有約。

爲了倒垃圾，怡倫姊跟著我一起下樓。

「怡倫姊，不好意思打擾妳跟楊大哥這麼久。」

「怎麼會？我還希望妳再多待一會呢。」怡倫姊語帶惋惜，眼神透出好奇，「對了，原來妳去報名烘焙課程啦？」

「對呀，我本來打算等開始上課再告訴妳，沒想到楊大哥先問起，就只好提前說出來了。」我聳聳肩，「怡倫姊，妳有特別喜歡吃的麵包嗎？」

「我呀……我挺喜歡吃牛角麵包的。」

「知道了，等我學會做麵包，就先做牛角麵包給妳吃，而且各種口味都做！」

「可是妳剛剛不是說要先做騰順愛吃的菠蘿奶酥麵包嗎？」

「剛剛是跟楊大哥聊天，我自然得說些禮貌上的客套話。論實際交情，我當然會把怡倫姊擺在第一位。」我對她眨眨眼，小聲笑著說：「到時候再邀妳來我家吃麵包，順便幫妳搭配一杯紅酒。」

怡倫姊也笑了，眼中浮現喜色。

幾天後，我打了通電話給高偉杰，要他過來我家一趟，他不到一個小時就出現了。

我撕下一塊麵包送到他的嘴邊，他看了一眼，張嘴便吃下去。

「味道如何？要老實回答喔。」

「很好吃。」他細細咀嚼後說出評價，看著我手上外型沒那麼好看的紅豆吐司，旋即猜到，「這是妳做的？」

「對，我開始上烘焙課了，這是今天在課堂上做的。我打算學著做一點麵包送給對面。」

「妳想給楊騰順下毒？」

我哈哈大笑，「如果確定縱火犯是他，我會考慮這麼做的。」

「妳觀察到沈怡倫很常去麵包店買麵包，猜測楊騰順很愛吃麵包，才決定去上烘焙課？」高偉杰敏銳地推論出我學做麵包的動機。

「對，投其所好嘛。怡倫姊已經把我當作妹妹看待，楊騰順也說了歡迎我常去他家，這是好的開始。接下來我只要找機會接近楊騰順，想辦法跟他拉近距離，試著從他口中套話就行了，爲此我還故意選了一間位在他公司附近的烘焙教室。」

高偉杰沉默片刻，「妳是想讓他愛上妳嗎？」

我不意外他會這麼想。

「以楊騰順的年紀，當我爸爸都不算勉強，他和沈怡倫感情也不錯，應該不至於需要走到這一步，而且我也不想把事情搞得這麼複雜。不過，我確實考慮過，如果非得出此下策才能達成目的，我就會這麼做。」

「嗯。」高偉杰沒說什麼。

當我取出器具準備手沖咖啡時，後知後覺想到一件事，「今天是星期五，你下午沒課嗎？」

「沒有。」高偉杰嘴上否認，眼睛卻沒看我，分明是心虛。

「騙人，你又蹺課了吧？就跟你說別這樣了，我又沒讓你一定要馬上過來！」

「沒關係啦，我是不想上課才過來，又不是因爲妳。」

「少來，你都因爲我而少掉一門學分了，我可不想害你畢不了業。」

「放心，這次的老師眞的沒那麼嚴格。而且上次我朋友有去幫我求情，我那門課沒被當掉。」

「你是說那時在咖啡廳打電話給你那位？」

「嗯，我在夜店門口遇到妳那次，也是跟他一起。」

「是喔？我醉得一場糊塗，根本沒看清楚他的長相。你朋友人眞好，居然還幫你去向老師求情。」

「他覺得我只是缺課一次就失去這門學分很可惜，不過也是因爲他跟那位老師私交不錯，事情才有轉圜的餘地。」

「你們一定是非常好的朋友，不然他怎麼肯爲你做到這種程度？」我端著兩杯咖啡走過去，跟他坐在同一張沙發上。

高偉杰唇角微微勾起，「他就是這種個性。」

他臉上掛著的淺淡微笑，讓我的目光停留了一下，此時他放在桌上的手機顯示有人來電，從名字看起來是女生。

奇怪的是，高偉杰明明也注意到了，卻沒有馬上接聽，我不免起了好奇心。

「這個叫伍筱婷的人是誰？女朋友？」

「不是。」

「你喜歡的女生？」

「更不是。」

「我不信，你快接起來，而且要開擴音！」

我只是在開玩笑，沒想到高偉杰居然眞的照做。

「欸，高偉杰，我問你，上次我們聚會的那間韓國餐廳，是在哪個捷運站附近？幾號出口？晚上我想帶同學去吃。」

女孩說話的口吻，感覺與高偉杰頗爲熟稔，性格像是很開朗。

「妳不會自己用店名google嗎？」高偉杰語調平板。

「哎唷……我就是連店名都想不起來嘛，你快告訴我啦，我想趕過去現場候位！要是到得太晚沒位子，我會找你算帳喔！」

高偉杰簡短回答完，很快結束了這通電話。

我似笑非笑地問他：「這位也是你的好朋友？」

「國中同學而已。」

「眞的？」

似是猜到我想問什麼，他主動聲明：「我沒有喜歡她。」

「我知道啊，所以我想的不是你喜歡她，而是她喜歡你。」

他眼中閃過一絲異樣，但仍語氣鎭定：「妳別亂猜，她有男朋友，就是替我向老師求情那位。」

「咦？是喔？」我有點意外，「那她剛剛在電話裡說你們上次聚會……就是你和她，還有她男友三個人一起吃飯？」

「嗯。」

聞言，我深深看了他一眼，決定就此打住，不再追問下去。

「你也算是個帥哥，國高中時應該很受歡迎吧？那時候交過幾個女朋友？」我喝了一口咖啡。

「沒交過。」

「眞的假的？大學也沒有？那你不就還是處男？」我問得很直接。

「我不是好嗎？」他白我一眼。

「那你第一次性經驗是在幾歲？」

他幾乎想都沒想便答：「十四。」

我差點被咖啡嗆到，「那不是才國二？高偉杰，你初體驗居然比我還要早！你說你沒交過女朋友，那你第一次是在什麼情況下發生的？該不會你到了高中時就已經身經百戰了吧？」

「我高中那時確實比較誇張，高中畢業後就正常多了。」面對我的犀利提問，高偉杰直言不諱。

「嘿，我記得你小時候很乖很純情啊，難道你也跟我一樣中途走偏了嗎？」我單手托腮，歪著頭看他。

「妳走偏過？」他笑著與我對視。

「我是有過一段荒唐的歲月……你不是去找過我爸媽？難道他們沒告訴你？」我挑眉。

「沒有，他們不大想提到妳，我也沒表明自己的身分。」

「你老實告訴我，你後來會性格大變，是不是跟翔翔有關？」

他默然半晌，輕描淡寫道：「不知道，後來還發生了很多事，很難說眞正的原因是什麼。」

「看來你的青春也是布滿傷痕。」

高偉杰不置可否，唇角浮上若有似無的笑意。

那讓我感到一股似曾相識的悲傷。

「如果這些話傷到你了，我很抱歉，但我很高興能跟你重逢，我覺得我跟你會是最了解彼此的朋友。這樣看著你，我甚至還會想，要是可以回到從前剛認識那個時候，似乎會很好，雖然你應該會希望沒遇見過我。」

高偉杰靜靜看了我許久，拿起桌上的咖啡杯，輕輕敲了下我手中的杯子。

儘管他沒有回答，但他的這個舉動，已然清楚告訴我他的答案：他跟我有一樣的想法。

我不知道他中間還走過什麼樣的路，只知道此刻在我眼前的高偉杰，依舊和我記憶裡的那個男孩一樣善良。

那些他沒說出口的悲傷，倘若他願意在我生命走到盡頭之前，主動開口向我傾訴，那就好了。

我不由得有了這種想法。

「你哥現在在做什麼？」

「他在國外留學，預計明年底回來。」

我沉吟半晌，「不曉得到那時，還有沒有親口向他道歉的機會，以前我給他添了不少麻煩。」

「他目前很難抽空回來，等他畢業回國，我再安排你們見面。」

高偉杰沒聽出我話裡的另一層意思。

是啊，此刻的他當然聽不出來。

我輕輕一笑，「不用了啦，再見到你哥，我一定還是會緊張得連話都說不好。」

他輕哂，「誰說的？妳以前明明就理直氣壯反駁過我哥。回想起來，敢那樣直視我哥眼睛說話的女生，妳似乎是第一個，第二個就是夜紗姊……」

「那是誰？你哥的女朋友？」

「不是。總之，妳如果眞的想見我哥就說一聲，我哥不會拒絕跟妳見面。」

凝望著高偉杰清澈的眼睛，我過了好一會才點頭。

關於接近楊騰順的計畫，就在我認爲一切順利，可以進入下個階段之際，卻發生了意想不到的插曲。

高偉杰在電話裡告訴我，先前爲了調查怡倫姊，他曾私下買通怡倫姊常去的咖啡店店長，要他協助暗中觀察怡倫姊的人際關係，當初店長做出的結論是怡倫姊生活單純，只會帶女兒去到咖啡店，不曾與其他人一同光顧。

但有一天，咖啡店店長卻看見怡倫姊與一名中年男子在咖啡廳碰面，而且怡倫姊並沒坐在她慣坐的窗邊，改選擇了位於角落的隱密座位。

根據店長的描述，在怡倫姊與那名男子談話的過程中，怡倫姊表情始終凝重，甚至一副泫然欲泣的樣子。機靈的店長還拿手機偷偷拍下男子的照片提供給高偉杰。

照片裡的男子並非楊騰順，高偉杰很肯定地指出，參照他手上掌握的調查資料，這名男子過去幾年不曾出現在楊騰順和怡倫姊的生活圈裡。

這名男子是誰？怡倫姊和他是什麼關係？兩人見面的目的是什麼？我暗暗思索，如果能弄清楚這些謎團，說不定將有助於計畫進行。

於是我趁著楊騰順上班不在家的週間上午，打電話邀怡倫姊來家裡吃我做的牛角麵包。聽出怡倫姊在電話裡的聲音不太對勁，我便以退爲進，表示她若不方便，可以擇日再約，沒想到怡倫姊堅持當天過來找我。

那一天，我第一次看見怡倫姊的眼淚，同時得知了她長久藏在心裡的巨大祕密。

Chapter 05

怡倫姊從進來我家後，就一直沒有開口說話，愣愣坐在沙發上出神。

我也不打擾她，拉著光羽到餐桌前坐下，讓光羽一邊吃牛角麵包，一邊戴上耳機就著平板觀看卡通。

安頓好光羽後，我才拿著一瓶紅酒和兩個高腳杯，緩緩坐到怡倫姊身邊。

「怡倫姊，雖然未必能幫上忙，但如果妳有什麼煩惱，我很樂意聽妳說。」我溫聲開口。

怡倫姊微微輕顫，看著我將紅酒倒入高腳杯後端給她，逐漸紅了眼眶。

「我怕……妳會瞧不起我。」

我握住她冰冷的手，用堅定的口吻說：「絕對不會，我保證我絕對不會瞧不起怡倫姊，妳儘管放心說出口吧。」

怡倫姊的煩惱必然和咖啡店的那名中年男子有關，這一點並不難猜，我也懷疑過那名男子可能是怡倫姊久未聯絡的舊情人。

然而當怡倫姊終於向我傾訴，情況卻全然不是我所想的那樣。

那名中年男子，其實是怡倫姊父親的老友，他找上怡倫姊，是爲了一位故人的臨終請託。

「怡倫姊，妳還有一個孩子？」儘管光羽年紀還不懂事，但我意識到這段對話不能讓光羽聽到，便有意識地降低了音量。

怡倫姊艱難地點了下頭，淚水在眼眶中打轉。

「來找我的這個男人，是我爸爸的大學同學，以前他常和他的學弟到家裡找我爸爸聊天，我分別稱呼他們爲大叔叔、小叔叔。小叔叔性格幽默風趣，人也很好，經常指導我功課，我對他的情感漸漸從仰慕轉爲男女之間的愛慕，我們瞞著我爸爸偷偷交往了一段時間。」

怡倫姊說到這裡停住了，眼睛閃爍著晶瑩的淚光。

我也不催促，耐心等候她說下去。

「在我快滿十八歲時，我懷孕了，我不敢告訴任何人，拖到懷孕週數已經很大了才被發現，只好把孩子生下來，我爸爸最後把小孩給了小叔叔，要他不許再出現在我們面前，此後我就沒再見過小叔叔。」怡倫姊嗓音帶著哽咽，「直到上個星期大叔叔來找我，我才得知小叔叔不久前過世了，他沒有結婚，一個人將我們的孩子撫養長大；生前他告訴大叔叔，希望把孩子的監護權交給我，讓孩子在成年前跟我一起生活。他和那孩子沒有其他親人，住的房子也是租的，不過他留了一筆錢給那孩子。他應該也是無計可施了，才會想到我……」

聽到這裡，我沉默了好一會才開口：「妳在苦惱該怎麼跟楊大哥說這件事？」

「他……已經知道了。」

「妳告訴楊大哥了？」我很意外。

怡倫姊搖搖頭，「不是，是那個孩子說的。」

我愣住了，沒有立即反應過來。

「妳是說那個孩子自己告訴楊大哥的？」

她點頭，「對，他不知道從哪裡打聽到騰順的名字和任職公司，昨天自行跑去公司找他。但那孩子並沒有表明自己眞正的身世，只說是我的遠房親戚，父母雙亡，我是他唯一的親人，他會找上我也是迫不得已，但他會盡量不給我們一家添麻煩，利用課餘時間打工，一旦成年就會立刻搬出去。騰順隱約猜到他……可能是我的孩子，但那孩子堅決否認，於是昨晚騰順一回到家就開門見山問我了。」

我下意識屏住呼吸，小心翼翼問：「那妳有老實告訴楊大哥嗎？楊大哥有什麼反應？他生氣了？」

「慌亂之下，我什麼都跟他說了，他沒有生氣。」怡倫姊深吸了一口氣，「他看到我一直哭，還反過來安慰我，說他能理解人都有過去，也能體諒為何我會對這段過去避而不提。他說他能從那個孩子身上，感受到他想要保護我的心情，騰順不但不生氣，還被那孩子打動了，願意讓他留在我們家，直到他畢業後出國讀書。」

我忍不住問：「他是高中生吧？」

「對，他十七歲，現在高三。聽說那孩子原先計畫高中畢業後，要去國外留學，他爸爸……留給他的那筆錢就是要用在這裡。」

「這麼說來，就算他住進妳家，也待不到一年就會離開。既然楊大哥都表示願意接納他，怡倫姊妳還在擔心什麼？」我深深看了她一眼，握住她的手，輕聲問：「還是說，妳心裡並不願意讓他跟你們一起生活？」

聞言，怡倫姊全身一震，眼淚驀地奪眶而出，溫熱的淚珠滴落在我握著她的手上。

「我、我不知道。我心情很混亂，好不容易才從那段過去走出來，那段過去卻又找了回來……那個人去世的消息來得太突然，再加上他想讓那孩子跟我一起生活，我……」怡倫姊泣不成聲。

我伸手抱住她，輕輕拍了拍她的背，「怡倫姊，妳不必逼自己馬上做出決定，不妨考慮幾天再說。楊大哥對妳那麼好，不論妳做出什麼樣的決定，他必然都會尊重妳，我也會支持妳的。」

怡倫姊再度泣不成聲，過了很長一段時間才漸漸平復激動的心緒，她吸了吸鼻子，從我的懷抱中退開。

「謝謝妳，瑤瑤。如果是以前發生這種事，我身邊完全沒有人能商量，幸好現在有了妳。」她擦乾臉上的淚痕，看向我的眼神充滿感激。

「不用客氣，怡倫姊可以把我當成樹洞，有任何煩惱都能跟我說，我不會說出去的。」我語帶心疼道：「妳這幾天一定沒有好好吃飯對吧？這樣不行，我做了妳喜歡的牛角麵包，妳快點吃，然後再喝杯紅酒，保證妳心情轉好！」

「嗯。」

怡倫姊露出進屋後的第一個微笑，眼中的陰霾也散去了大半。

Chapter 06

幾天後，怡倫姊主動打電話給我。

在楊騰順的鼓勵下，怡倫姊參加了她那位舊情人的告別式，之後也偕同楊騰順與那名孩子見面，是個男孩。

他今年十七歲，名叫藍旭。

經過一番考慮，怡倫姊決定接納藍旭與他們一家共同生活，這個週末藍旭就會搬過來。

「妳沒問題嗎？」

「坦白說，我也不知道，我還是沒有自信能和那孩子好好相處。」怡倫姊嘆了口氣，「但我還是想試試看，只是這件事得瞞著我公婆。我跟騰順說好，我們會對外宣稱藍旭是我的遠房親戚，也跟那孩子提了，那孩子很懂事，他願意配合。」

「那就好，如果有我幫得上忙的地方，妳儘管說。」

「真的？那……藍旭搬過來的那天晚上，瑤瑤妳方便和我們全家一起吃頓飯嗎？如果妳能在場，我在那孩子面前，或許就不會那麼不自在。」

我二話不說便答應。

隔天下午，我上完烘焙課準備返家，在路上看見楊騰順和兩個同事站在公司樓下門前談話。

楊騰順又驚又喜，熱情邀請我去到他公司的會客室坐坐，並爲我準備了咖啡和手工檸檬餅乾。

「原來瑤瑤妳上烘焙課的地點就在我公司隔壁啊，眞巧。」

「就是啊。」我笑著拿起餅乾吃了一口，「對了，我聽怡倫姊說，那個叫藍旭的男孩，這週末就會搬過來。」

「是啊，妳那天要記得來我們家吃飯，有妳在，怡倫比較安心。」

「沒問題，我一定去。」我話鋒一轉，「楊大哥，可以冒昧問你一個問題嗎？」

「妳問啊。」楊騰順爽快點頭。

「你完全不介意怡倫姊的那段過去？你不怪她瞞著你這麼久？」

「這個啊。」他嘆了口氣，語重心長道：「我是很震驚沒錯，但我能體諒怡倫爲何會瞞著我，這種事本來就很難對伴侶說出口吧。況且誰沒有過去呢？哪怕是我，也有一兩件不想讓怡倫知道的事，所以我是眞的能理解她的難處。更重要的是，藍旭這孩子很懂事，他爲了保護怡倫，堅稱自己只是怡倫的遠親，並且再三保證自己高中一畢業就會離開，絕對不會給我們增添額外的麻煩。我挺欣賞這孩子，也願意看在怡倫的情分上幫他一把。」

我思索半晌，又問：「楊大哥，藍旭去找你的時候，你是怎麼發現藍旭可能是怡倫姊的兒子？」

「喔。」楊騰順笑了笑，拿起桌上的咖啡喝了一口，「等妳親眼見到藍旭，就會知道答案了。」

我沒有繼續追問，只是問了另一個問題。

「楊大哥，」我定定注視著他的眼睛，「你剛才說，你也有一兩件不想讓怡倫姊知道的事，那是因爲你覺得怡倫姊可能會無法接受嗎？」

他被我問得愣住了，沒有馬上回答。

「也不是這麼說，有些事並不是怕對方不能接受，所以才不說，而是那些事本來就沒有對任何人說的必要。」他如此解釋。

「原來如此，我好像有點懂了。」我翹起唇角，語氣真摯，「楊大哥，我覺得你是個心胸寬大、很有智慧的人。」

楊騰順的目光在我臉上停了一下，揚起有些意味不明的微笑。

又聊了幾分鐘，我表示不好再叨擾，便起身告辭。

✦

週六下午五點，我站在怡倫姊的家門外摁下門鈴。

這個時間點，怡倫姊正忙著下廚，過來應門的應該是楊騰順吧。

正當我這麼想時，門打開了，出現在門後的竟是一名年輕的男孩。

這名男孩的身高比高偉杰略矮一些，不過仍比我高出半個頭。

一看到他的眼睛，我立即明白楊騰順那天那句話的意思。

嚴格來說，男孩和怡倫姊的輪廓並不算相似，但兩人的眼睛形狀宛如一個模子印出來的，眼神也同樣澄澈透明。

「你就是藍旭吧？」我主動示好，「我叫姚瑤，住在對面，很高興認識你。」

「我也是，很高興認識妳。」

男孩的態度沉著有禮，回我一個友善的微笑。

然而他那雙眼眸裡卻沒有絲毫笑意。

進到屋裡之後，我繼續留意他的一舉一動，他在怡倫姊和楊騰順面前，露出的笑容同樣完美到近乎虛假，始終未曾表露眞實的情緒，但那兩人似乎沒有察覺，與他的互動十分正常。

對於藍旭這樣的表現，我不以爲意，畢竟他再懂事，終究還是個正值青春期的十七歲少年，要一下子克服心理障礙融入新家庭，本來就不是件容易的事，理當需要時間適應，況且對他而言，怡倫姊一家和我幾乎都算是陌生人，能立刻對陌生人敞開心房才奇怪。

吃飯的時候，注意到怡倫姊仍無法直視藍旭的眼睛說話太久，楊騰順和我互望一眼，頓時心領神會，由我們不斷拋出話題給藍旭，藍旭也很配合，幾乎有問必答，而且出乎意料地健談，餐桌上的氣氛倒是不見冷場。

等我準備告辭，已近晚上十點。

明明就住在對面，藍旭竟主動說要送我回去，他的理由是就算住得近，這麼晚一個年輕女生獨自走在街道上還是不安全。

怡倫姊和楊騰順一聽，都大表贊同。

我看了藍旭一眼，猜測他可能有話想私下跟我說，於是也不推辭。

果不其然，藍旭一把我送到我住的大樓樓下門口，就低聲說：「給妳添麻煩了，多虧有妳在，我媽才能比較自在。」

儘管不是當面，他這麼快就願意喊怡倫姊媽，還是讓我有點意外。

我擺擺手，「別客氣，這對你和怡倫姊都很不容易，有需要幫忙的地方可以聯絡我。」

爲了表示友好，剛才我就向藍旭要了LINE，他沒有拒絕。

「好，謝謝。」

他臉上再次出現那抹缺乏溫度的淺淡微笑。

等我洗完澡從浴室出來，手機裡多了一條訊息。

怡倫姊傳訊向我道謝，她說幸好有我在場調節氣氛，今晚才能如此和樂融融。

才剛回完訊息給怡倫姊，就有人來電，是沒看過的號碼，我遲疑了一下才接起。

「瑤瑤，我是楊大哥，我跟怡倫要了妳的電話，妳現在方便說話嗎？」

「當然方便。」我摸不清楊騰順打這通電話的用意，心中頓時升起緊戒，側耳聽見話筒隱隱傳來風聲，便問：「楊大哥人在外面？」

「我在陽臺抽菸，趁怡倫去洗澡，出來打個電話給妳。」他語氣含笑，「今天謝謝妳了，這麼說實在很不好意思，不過，還有一件事想麻煩妳。」

「楊大哥請說。」

「我下禮拜臨時得去國外出差，大概要一個星期。」他壓低聲音，「妳應該也看得出來，怡倫還無法從容面對藍旭。我出差不在家，怡倫一個人要照顧光羽、藍旭，又要應付我母親，一定會非常焦慮。是不是能麻煩妳在這段時間多陪陪怡倫？作爲回報，在能力所及範圍內，楊大哥可以答應妳一個要求。」

我忍不住笑了，是不是連老天都在幫我？

「沒問題，我會陪在怡倫姊身邊的。」我一口答應。

原本我還擔心藍旭的出現，可能會使預定計畫生變，沒想到他的到來竟反倒有助於計畫實現。

有了楊騰順這個承諾，眞相大白的日子大概不會太遠了。

Chapter 07

中午還不餓，所以我先出門採買生活用品，等到把兩袋東西從超市提回家再走出來覓食時，已經快下午兩點了。我終於感到飢腸轆轆，隨意走進路邊一間生意清淡的拉麵店，意外碰上一個認識的人。

送來點單和水杯的女服務生，忽然向我打招呼。

「彭芷晨？」

「嗯。」她表情淡漠，用沒有起伏的平板語氣問我：「妳要吃什麼？」

我低頭瀏覽點單，很快做下決定：「一碗醬油豚骨拉麵、一份煎餃，還有一杯冰的無糖綠茶。」

彭芷晨默默記下便轉身離開。

過了十分鐘，她端著熱騰騰的拉麵和煎餃過來，同時低聲說：「等會有時間嗎？我有話跟妳說。」

看著面無表情的她，我無可無不可地點頭。

這碗拉麵一點也不好吃，麵條軟爛、湯頭過鹹，煎餃的味道也不怎麼樣，但我還是全部吃完了。

結完帳走出店裡，不到幾分鐘，背著包包的彭芷晨也跟著出來。

「妳這是下班了嗎？」

「我臨時向店長請假。」彭芷晨言簡意賅，抬手指向隔壁的超商，「去那裡坐著聊一下可以嗎？」

「可以。」

彭芷晨是我的大學同學。

印象裡她話不多，很有個性，行事頗爲瀟灑大氣。

儘管同班三年多，我和她卻直至今日才第一次交談，除了彼此朋友圈迴異，平常沒有接觸的機會，更因爲我們之間存在某種尷尬的關係，所以當她在拉麵店裡表示有話跟我說時，我只想到了一種可能。

果不其然，才剛坐下，彭芷晨便開門見山道：「程再沅和我妹復合了。」

「哦？很好啊。」由於早有預料，我並不驚訝。

她挑眉，「妳眞這麼想？」

「是啊。」我定定地看著她，「從我和程再沅傳出曖昧，到實際交往，害妳妹妹傷心欲絕、仰藥輕生，妳始終不曾找我興師問罪，爲何現在要特地跟我說這件事？我一直以爲妳就像程再沅說的，並不關心妳妹妹，還是說，妳這麼做有其他原因？」

程再沅是我的前男友，我從他口中得知，彭芷晨和彭韋甄是相差一歲的親姊妹。

程再沅和彭芷晨是高中同學，彭韋甄單戀程再沅多年，並對他展開猛烈的追求，他在大一時答應與彭韋甄交往。然而在交往之後，兩人在相處上有很多問題，程再沅屢次提出分手，彭韋甄不肯，使出各種手段挽回，還多次以死相逼，令他備感壓力。

我的出現，令程再沅下定決心，不計任何代價都要與彭韋甄斷乾淨。

奇怪的是，當大多數人都將矛頭指向素來形象不佳的我，彭芷晨卻從來沒想過要替妹妹討回公道，始終表現出事不關己的態度。後來聽了程再沅的解釋才恍然大悟，彭芷晨和彭韋甄的感情並不和睦，幾乎把對方視爲陌生人。

只是姊妹感情再怎麼不好，見彭韋甄爲情自殺，彭芷晨或許還是做不到完全無動於衷吧，才專程告知我彭韋甄與程再沅復合的消息，這是替妹妹向我示威？還是她其實是同情程再沅無法擺脫彭韋甄，想勸我和程再沅重修舊好？

彭芷晨給出的答案，卻一舉推翻我的臆測。

「那兩個人的事我根本不想管，我找妳是爲了另一件事。」

「什麼事？」

「程再沅告訴我，妳爲了甩掉他，不惜休學，甚至搬出自己罹癌這種可笑的藉口。」

我不意外程再沅會這麼對別人說，但我還是不明白這跟彭芷晨找我談話有何關係。

「所以呢？」

「妳是不是眞的生病了？」

我頓了下，笑著回答：「爲什麼要問這個？妳難道不認爲這只是我甩掉程再沅的藉口？」

「老實說，我的確不這麼認爲。我和妳雖然沒有交集，但好歹同班三年，也聽說過不少妳的事。如果妳移情別戀，妳不會找藉口，更不可能只是爲了甩掉程再沅而休學。」彭芷晨不動聲色地看著我，「妳應該是眞的生病了，才會選擇休學。」

「倘若眞是如此……妳會怎麼想？覺得我罪有應得嗎？」我似笑非笑地迎向她的目光。

「就算對象是妳，我也不會把生病這種事視作報應。」

彭芷晨那雙彷彿洞悉一切的眼睛，讓我陷入默然，而後吁了一口氣。

「妳說對了，我的確是因爲生病，才會休學。」我鬆口向她坦承。

「是嗎？」彭芷晨的語氣依舊沒什麼變化，「妳現在正在接受治療？」

「我沒有接受治療。」
「爲什麼？」
「接受治療前，我有一件重要的事得去做，否則我怕以後就沒機會了，這理由很合情合理吧？」
「的確。」
彭芷晨沒有針對我的病情深入探問，也沒問我想做什麼事，更沒有勸我趕緊去接受治療。
我不免生出好奇：「妳應該不是因爲關心我，才問我這些吧？」
「確實不是，我跟妳沒什麼交情，只是我對程再沅先前的說法抱持懷疑，碰巧妳今天來我們店裡用餐，一時好奇，才順口多問了幾句。」
「我明白了，那妳還有其他想問的事嗎？」我還挺欣賞彭芷晨的坦誠與直率。
「有，妳是眞的喜歡程再沅？」
「爲什麼這麼問？」
「妳會對他說出自己生病的事，表示妳想知道他會有什麼反應，不然妳大可宣稱自己有了別的男人，這個理由就足夠打發他了。」彭芷晨看了我一眼，「耳聞過妳的一些事，我本來以爲，妳對那傢伙沒有那麼認眞。」

我一時語塞。

仔細想想，既然彭芷晨如此開誠布公，我也沒什麼好隱瞞的，反正也不是什麼不能說的祕密。

「我知道自己名聲不好聽，但即便是我這種人，也不會跟不喜歡的男人交往。我和程再沅算是合得來，在一起時也很開心，或許我選擇向他透露自己生病，是有一點想要試探他的反應沒錯，坦白說，他的反應令我有些失望，不過反正我同樣不是什麼好女人，就扯平了吧。」我無所謂地聳聳肩，「那就祝福他和彭韋甄長長久久嘍。」

「妳確定這是祝福，不是詛咒？」

「當然。他再怎麼想逃離彭韋甄，最後還是會回到她身邊不是嗎？說不定他們其實是最適合彼此的人。」

「我也希望他們能夠長長久久，要是他們放生對方，只會對旁人造成危害。」彭芷晨毒舌地下了這個結論。

「第一次聽到做姊姊這樣說妹妹的，妳們感情眞的這麼糟啊？」

「我甚至不想承認有這樣一個妹妹。彭韋甄從小就認定全世界都應該圍著她轉，要比心機、比狠毒，妳是鬥不過她的。妳離開程再沅是對的，程再沅骨子裡和我妹是同一種人。」

我噗哧一笑，覺得有趣，「再怎麼說，我都是讓妳妹妹躺進醫院的罪魁禍首之一，妳非但不怪我，還像是完全站在我這邊。」

「很奇怪嗎？」

我微微一頓，笑著搖搖頭，「也不算太奇怪，我有一個朋友跟妳一樣。」高偉杰當年也是這樣，明明被我惡意針對，卻還是會爲我在比賽裡只能得到第二名而忿忿不平。

與彭芷晨聊著聊著，時間飛快流逝而過，還是聽見天空降下一陣悶雷聲響，發覺可能快要下雨，我們才想到該離開了。

走出超商，我瞥見對面的拉麵店，隨口說：「沒想到妳在離我家這麼近的拉麵店打工。」

「我不只在拉麵店打工，晚上還要去另一間連鎖壽司店打工。」彭芷晨像是想到什麼，忽然正色道：「還有，我覺得應該要提醒妳一件事。」

「什麼？」我朝她望去。

「這間店的拉麵很難吃，妳別再來了。」

我不可抑制地大笑起來。

楊騰順去到國外出差的那個星期，我每天都傳訊息關心怡倫姊，偶爾也會去她家陪陪她，有一次不湊巧，遇到她婆婆突然來訪。

怡倫姊的婆婆看起來就很不好相處，連招呼都沒打，只看了我一眼就把我視爲空氣。她沒在怡倫姊家逗留太久，不到半小時就沉著臉離開了。

怡倫姊說，自從藍旭搬來同住後，她婆婆過來的次數少了非常多，讓她減輕了不少心理壓力。藍旭很機伶，只要怡倫姊的婆婆在場，便會自動改口稱怡倫姊爲阿姨，更對怡倫姊的婆婆十分恭敬有禮。

然而無論藍旭再怎麼恭敬有禮，怡倫姊的婆婆還是很不喜歡藍旭，認爲怡倫姊不該把心力花在照顧遠親上，而是該專心備孕才是。

怡倫姊不敢當面跟婆婆解釋，只在私下跟我說，儘管不一定非要參加大學升學考試，藍旭仍決定參加學測，同時爲了申請國外大學，藍旭也得準備SAT和托福考試，所以他放學後會留在學校念書，到晚上快九點才回來，週末也是一大清早就去圖書館報到，一待就是一整天。回家洗過澡後，藍旭還會幫忙照顧光羽，等怡倫姊做完家務、準備休息，他才返回房間繼續讀書。

藍旭大多數時間都把自己關在房間裡，他很懂事，從不給怡倫姊添麻煩，但兩人的關係也因此始終隔著一段距離，難以拉近。

一天下午，怡倫姊來到我家，忍不住又提起這件事，同時一口飲盡杯中的紅酒。

「不要心急，他才剛搬過來，時間一久，你們會慢慢變熟的。」我拔開瓶塞，再為她倒了一杯酒。

「我也是這麼想，但又有點擔心，藍旭會不會其實並不打算跟我變親近？我試著跟他聊一些事，他卻似乎無意跟我說太多。或許他只是想遵照他爸爸的遺願，在出國前住在我這裡，沒想對我敞開心房，否則他也不會每天都在外頭待到晚上才回來。」怡倫姊愁眉不展。

儘管我也懷疑藍旭可能確實是這麼想的，我還是寬慰她：「怡倫姊，妳想多了，藍旭應該只是把所有時間都放在準備考試上，並非刻意避著妳。」

她露出恍然大悟的表情，懊惱道：「妳說得對……我真糟糕，都沒有考慮到他身上的考試壓力。等會我去超市多買一點新鮮營養的水果，讓他晚上當宵夜。」

「這就對了。」我微微一笑，「不過，妳試著跟藍旭聊了些什麼事啊？」

怡倫姊眼中閃過尷尬，一時支支吾吾。

我心中很快有了猜測，「是聊他父親的事嗎？」

怡倫姊臉一紅，張口就要解釋：「瑤瑤，我是……」

「怡倫姊，妳跟那個人那麼多年沒見，當然會想知道他的事，換作是我也一樣。放心，我不會告訴楊大哥的。」我握住她的手，溫聲道：「之前我問過妳，過去哪段戀情最令妳刻骨銘心，妳當時沒有回答，現在回想起來，應該就是跟藍旭的父親這一段吧？」

怡倫姊苦笑，「我好像完全被妳看穿了。」

「那是因爲我們很親近呀。」我歪著頭莞爾一笑，「妳一直都沒有眞正忘記過藍旭的父親吧？畢竟妳和他有過那樣一段過去，他是爲了不影響妳的幸福，才獨力撫養藍旭長大，十七年來未曾出現在妳的面前，這不是誰都能做到的，這個男人很了不起。」

一抹淚光在怡倫姊的眼眶中閃爍，「我問了藍旭一些他父親的事，他卻顯然不想多說。或許他心裡對我很不諒解，畢竟當初是我拋棄了他，也不曾去找過他……」

「怡倫姊，妳又來了。藍旭不想多說也是很正常的呀，他父親才過世不久，他一定還很傷心，所以無法向任何人提起父親，不是針對妳。況且，要是藍旭對妳心存怨懟，他大可不必幫忙妳照顧光羽。」

怡倫姊愣怔不語，臉上的陰鬱漸漸散去。

「我這個人眞是的，如果身邊沒人勸著，就很容易鑽牛角尖，不斷往壞的地方想。」

「妳也是關心則亂。別操之過急，給藍旭一點時間吧。」我拍拍她的手臂，「對了，楊大哥是搭今晚的班機回來沒錯吧？」

「嗯，他明天回到臺灣，不過他得進公司一趟，晚上才回家。我託他買了一樣禮物給妳，到時候我再拿過來。」怡倫姊握住我的手，展顏一笑。

Chapter 08

隔沒幾天，怡倫姊果然拿了一個名牌包要送我，不顧我再三推辭，堅持要我收下。

而楊騰順在回國一星期後，主動打電話給我，問我有沒有空一起吃晚餐。

「吃晚餐嗎？」我以爲自己聽錯了。

「是啊，今天是我和怡倫的結婚紀念日，我早就訂好餐廳，但怡倫她媽媽突然身體不舒服，需要人照顧，所以她帶著光羽回娘家住幾天。這家餐廳很熱門，怡倫很喜歡店裡的餐點，她覺得既然好不容易訂到位子了，乾脆讓我邀妳去吃。」

「你不找藍旭一起去嗎？」

「他晚上習慣留在學校讀書。」楊騰順像是想到了什麼，笑著說：「如果瑤瑤單獨跟楊大哥吃飯會覺得不自在，或者妳可以找朋友來，我招待你們吃一頓飯不是問題。」

「沒這回事。楊大哥，你跟我說一下時間地點。」

「太好了，妳五點過來我公司樓下好嗎？」

「好，五點見。」

結束通話後，我握緊了手機，清楚聽見自己驀地加速的心跳聲響。我換上稍微正式的裙裝，裝扮比平常慎重，但不至於過頭，在下午五點準時抵達約定的地點。

與楊騰順會合後，他開車載我去到一間位於市中心的高級歐式餐廳。席間，楊騰順開了瓶紅酒，還給我一盒進口巧克力，說是客戶今天送他的。

「謝謝妳在我出國那陣子幫忙照顧怡倫。怡倫說，她給妳添了不少麻煩，對妳很不好意思。」他笑容滿面。

「唉，眞受不了怡倫姊，到現在還說這種話，我一點都不覺得自己有做什麼呀。」我故作無奈道。

「對妳而言或許如此，但對怡倫來說，瑤瑤妳確實爲她做了很多。妳也看得出來，怡倫性格內向，不擅交際，沒什麼親近的朋友。自從認識妳之後，我感覺她變得快樂多了，也有活力多了。她剛生下光羽那時候，情緒非常低落，半夜還時常躲進廁所偷哭。」楊騰順嘆了一口氣。

「怡倫姊怎麼了？是產後憂鬱症嗎？」

「嗯，成爲新手媽媽本來就不容易，加上她父親過世，我母親對她始終不太滿意，這些事讓她身心俱疲。怡倫當時老是哭著說自己配不上我，沒資格跟我結婚、生下我的孩子……總之，那段日子眞的很辛苦，無論如何我都不希望她再回到那樣的狀態。我本來擔心藍旭的出現，又會爲怡倫帶來不小的心理壓力，幸好她看起來很堅強，這都是因爲有妳在身邊支持她。怡倫說，她簡直無法想像妳搬離附近的那一天，到時候她一定會很寂寞。」

楊騰順迅速又補上一句，「說這些只是想讓妳知道，怡倫有多喜歡妳，又有多感謝妳，妳別有壓力。」

「嗯，我知道，我很開心。」我給他一個理解的微笑。

楊騰順願意對我說到這種程度，想來是把我當自己人了。

這是最好的時機。

我放下刀叉，拿起紙巾擦嘴，直視他的眼睛，「楊大哥，你出國前請我多陪陪怡倫姊，還說你會答應我一個要求，你記得嗎？」

楊騰順點頭微笑，「嗯，我記得。只要我做得到，妳儘管開口。」

「先前聽你提過，你有一兩件不能對怡倫姊說的事。能不能告訴我，那大概是什麼樣的事？」

楊騰順愣住了，笑意凝結在唇角。

「妳為什麼想知道這個？」

「因為我也有一兩件無法對親近之人說出口的事，所以我很想知道，楊大哥是如何懷抱著祕密生活下去的？有些事情即使過去很久，依然深深影響著我。楊大哥有足夠的社會歷練，或許會知道該怎麼做，才能真正不受那些過去所束縛。」

「原來是這樣。」楊騰順神色一鬆，表情恢復原先的柔和，「這的確很困難……我懂妳的心情。」

「如果我告訴楊大哥我的祕密，能請你給我一點意見嗎？」

他爽快地點頭，「沒問題，只要妳不介意。」

於是，我開始述說起當年那起火災事故，但對那名可疑男子的特殊嗓音避而不提，只告訴楊騰順，由於我的輕忽，讓那名可疑男子伺機潛入家裡居住的那棟大樓，導致表弟不幸命喪火窟，更讓阿姨大受打擊，拋下年幼的表妹就此消聲匿跡，好好的一個家庭瞬間家破人亡。

為此，我心上始終籠罩著揮之不去的罪惡感，長期備受煎熬。

我邊說邊觀察楊騰順臉上的神色變化，「楊大哥會覺得這是我的錯嗎？」

「當然不會啊。」楊騰順冷不防握住我放在桌上的手，眼中流露出深切的憐惜，

「瑤瑤，這都是那個縱火犯的錯，怎麼會是妳的錯，當時妳年紀那麼小，本來就很難

對壞人有防備心。」

「謝謝。」想起早夭的翔翔，我心中一酸，眼睛漫上一層薄薄的淚霧。我沒有掙脫楊騰順的手，任憑他繼續握著，「眞不可思議，只是這樣說出來，我就感覺釋懷許多。楊大哥，謝謝你說這不是我的錯，但我還是不希望別人知道這段過去，包括怡倫姊，你可以替我保密嗎？」

「好，我不會說出去的。」他輕輕拍了我的手背兩下，便把手收了回去，「妳懷抱著自責，一個人痛苦難過這麼多年嗎？」

「嗯，畢竟死了一條人命，我怎麼想都覺得自己難辭其咎。」我抬手擦掉眼角的淚水，「楊大哥沒對怡倫姊說的那件事，有像我的事這麼嚴重嗎？」

他沉吟未答：「這個嘛……」

「難不成那件事與別的女人有關，所以才不能讓怡倫姊知道？」我打趣道，刻意將語調轉為輕鬆，「就算眞是這樣，那也是過去的事了吧？如果楊大哥願意信任我，我很樂意當個有道德的傾聽者，聽過就忘，絕對不會告訴第二個人。」

楊騰順跟著笑了，或許在我向他坦白自己陰暗的祕密後，他連帶也對我產生了微妙的信任，因此漸漸卸下心防。

「那是我年輕時候的事了。我愛上一個長我幾歲的女子，短暫交往過一陣子。分手之後，她很快與別人結婚，我卻依然對她念念不忘。過了幾年，我意外與她重逢，得知她婚姻出了問題，她時常找我訴苦。我對她表明過心意，但她還是很愛她的丈夫，始終沒有接受我，卻也沒有眞正拒絕我。就這樣又過了幾年，她發現丈夫在外面有個孩子，大受打擊，希望我能夠幫她。」

「她希望你怎麼幫她？」

「她沒有說，但我了解她，她告訴我這件事，就是希望我能爲她做些什麼。之後我才領悟，或許這就是她一直沒有徹底拒絕我的原因，她清楚我會願意爲她赴湯蹈火，而當時的我，也確實爲了她而……」

楊騰順忽地停住話，眼神黯然，久久不語。

我不敢催促，只是屏息等待。

再開口時，楊騰順略過不提他曾經爲了前女友做過什麼，「總之，後來我想開了，決定放下對她的眷戀，狠下心離開她，從此不再聯絡。五年前，我偶然在報章雜誌上看到她的消息，她因爲丈夫而遭遇不幸，我心裡很難受，也很有罪惡感，要是當初我沒有離開她，她是不是就不至於會走到這一步。即使早已事過境遷，我偶爾還是會想起她，不知道她現在過得如何。」

五年前的報章雜誌？

我在雜誌上看到高偉杰的母親傳出輕生的消息，正好就是在五年前。

「對方是名人嗎？不然怎麼會登上報章雜誌？」我努力不讓自己的聲音出現異樣。

「嗯，她的丈夫算是商界挺知名的人士。」楊騰順隱晦地說。

「這樣呀，難怪。」我裝作不經意地提起，「那些商界知名人士只要家裡一有風吹草動，就很容易登上新聞耶！我有一個朋友的父親是國內某食品集團高層，也是在五年前，他父親被八卦雜誌記者爆出在外面有私生女，當時新聞鬧得好大。」

果不其然，下一秒，我看見楊騰順的眼中布滿震驚。

「瑤瑤，妳那個朋友的父親——」

楊騰順話說到一半，硬生生被手機來電截斷，他只得接起，沒多久便匆匆結束這通電話。

他臉色轉爲凝重，向我解釋：「瑤瑤，藍旭說他身體不舒服，人在醫院，他請我過去接他。不好意思，我得先走一步。」

「藍旭還好嗎？要不要我一起去？」

「沒關係，我處理就好，菜才剛送上桌，妳吃過再回去。還有剛才……」楊騰順欲言又止，「下次再說吧，那我先走了，妳回家路上小心。」

楊騰順離開後，我坐在位子上食欲全無，服務生把原封不動的餐點從桌上撤下時，還憂心忡忡地問我是不是不合口味。

先前高偉杰提到，他母親早就知道嬿嬿的存在，言下之意是他懷疑他母親派人到我家那棟大樓縱火，倘若眞是如此，那我在樓下遇到的那名可疑男子，必然是受他母親驅使而來。

從楊騰順方才的反應來看，他和高偉杰的母親認識，並且曾爲了高偉杰的母親做過某件不爲人知的事。

儘管還沒能從楊騰順口中查探出完整的眞相，但答案幾乎昭然若揭。翔翔的死，十之八九與楊騰順以及高偉杰的母親有關。

出於某些原因，我沒有馬上把這個結論告訴高偉杰。

宛若行屍走肉般回到家後，我連燈都沒開，怡倫姊傳來訊息也不看，就這麼在昏暗的客廳裡坐了一夜。

隔天早晨的陽光透過窗戶照射在我的臉上，我勉力睜開沉重的眼皮，發現自己昨晚就這麼坐在沙發上睡著了，連衣服都沒換。

然而我還是沒想動作，繼續坐在原處，茫然注視著細微的灰塵在陽光中飛舞。

直到聽見手機傳來訊息提示音，我才將視線轉向放在一旁的手機，待看清傳訊者是誰後，我拿起手機點開訊息。

「可以見個面嗎？我有事找妳。」

這是藍旭第一次主動傳訊息給我。

雖然不知道他是爲了什麼事找我，我還是很快答應了。考量到他放學後適逢晚餐時間，我們便約在鄰近他學校的一間小餐館碰面。

當我抵達餐廳時，穿著制服的藍旭已經坐在座位上。

我揚起笑容，拉開他對面的椅子坐下，「聽說你昨天身體不舒服，有好一點了嗎？」

藍旭抬眼看向我，我不由得微微一凜。

過去時常掛在他臉上的禮貌性微笑，此時完全消失。

他默默拿出自己的手機遞到我面前，等我看清螢幕裡的照片，心裡登時咯噔了一聲。

鏡頭清楚拍下楊騰順握住我的手的畫面，背景是昨晚我和楊騰順一起吃飯的那間歐式餐廳。

我把手機還給他，不動聲色問：「你怎麼有這張照片？你拍的？」

「對，昨天我有事去楊叔叔的公司找他，卻看見妳坐上楊叔叔的車，我立刻攔了一輛計程車跟上去，親眼目睹你們兩個人走進這間餐廳。」藍旭嗓音冰冷，「昨天是我媽和楊叔叔的結婚紀念日，爲什麼妳會和楊叔叔去餐廳吃飯？然後他還握著妳的手？」

聞言，我腦中忽然靈光一閃，「昨晚你打電話給楊大哥，說你身體不舒服，其實是騙人的？爲的就是不讓我們繼續單獨相處？」

「對。妳可以給我一個合理的解釋嗎？」

我這才後知後覺想到，依照藍旭的性格，就算他眞的身體不舒服，應該寧可自己叫車回去，而不是讓楊騰順親自去接他。

我直視著他的眼睛，鎭定自若道：「看來怡倫姊沒有告訴你這件事。怡倫姊的媽媽身體不舒服，她回娘家照顧媽媽，覺得取消餐廳訂位很可惜，可是你又要留校讀書，所以她就讓楊大哥找我去這間餐廳吃飯。要是你不信，大可以向怡倫姊求證。」

藍旭眼裡不見動搖，冷峻的目光緊盯著我不放，「那這張照片是怎麼回事？」

「當時我和楊大哥聊起一段傷心的過往，我很難過，他會握住我的手，只是爲了安慰我。」我依舊從容不迫，「還有什麼需要我爲你解答的嗎？」

「什麼傷心的過往？」

「這是我的私事，這也要告訴你嗎？」

「妳那件『私事』有跟我媽說過嗎?」

我頓了一下，老實答道：「沒有。」

「所以比起我媽，妳寧可向楊叔叔傾訴『私事』?」他冷嗤一聲，「妳要我怎麼相信妳說的話?」

我沉默了好一陣才開口：「楊大哥剛好有過類似的遭遇，所以我才會跟他說，想請他爲我指點迷津。我知道那一幕不管看在誰的眼裡，都會很容易產生誤解，但我和楊大哥之間眞的不存在你擔心的那種事。我和你媽是好朋友，我不可能會這麼做。」

「正因爲妳和我媽是好朋友，我才不明白妳爲何非要在她和楊叔叔的結婚紀念日這一天，答應跟楊叔叔單獨去吃飯，又對楊叔叔傾訴煩惱。就算是我媽要楊叔叔單獨帶妳去吃飯，妳也應該要拒絕。」藍旭還是不肯放過我，「不管妳對楊叔叔是怎麼想的，我希望妳以後能謹言慎行，別再做出讓人誤會的舉動。」

聽到這裡，我便明白自己再怎麼解釋，也只是越描越黑。

於是我放棄與藍旭爭論，心平氣和道：「你說得對，是我思慮不周，我會好好反省。」

說完，我伸手拿起放在桌上的菜單，「肚子餓了吧?我們點餐吧。」

「不用了，我還要回學校。」他作勢就要起身。

「你要爲了這件事跟我鬧翻？你不在乎怡倫姊擔心？」我揚聲道，「留下來一起吃頓飯吧，我也有事想問你。」

藍旭停住動作，緩緩坐回位子上。

點完餐後，他悶悶地開口：「妳要問什麼？」

「我不太理解，既然你那麼關心怡倫姊，爲何平時在日常相處上又要拒她於千里之外？」

藍旭面無表情，沒有答話。

我故意拿話激他，「還是說，你之所以要我謹言慎行，並非出於關心怡倫姊，而是怕我介入他們夫妻之間，使得他們感情破裂，害你失去棲身之處？」

「妳的想像力有點豐富。」他嘴角勾起，露出慣常在他臉上看到的那種笑容，笑意一樣未達眼底，「我怎麼想，跟妳好像沒什麼關係。」

我知道自己說中了。

這是我第一次看見這個男孩藏在笑容背後的眞實模樣。

「怡倫姊是眞心眞意對待你，你這麼想，不怕傷她的心？」

「關於這一點，我想我們是彼此彼此。無論妳和我媽交情多好，只要她看見那張照片，妳覺得她不會傷心？不會覺得自己被背叛？妳有辦法跟她解釋清楚嗎？」

我一時無言以對。

看清了藍旭藏在面具底下的樣子，我好像也沒有繼續裝模作樣的必要。

「我明白了，既然我和你都有些事不想讓怡倫姊知道，那我們就幫彼此保密吧。要是把這件事告訴怡倫姊，對你也沒有好處，我保證不會再有類似的情況發生，這樣你滿意嗎？」

似乎沒料到我會如此乾脆，藍旭定定看了我許久，最後只說：「妳要說到做到。」

「好。」

此時服務生將餐點送上桌來，注意到我點的湯麵裡被放了香菜，我厭惡地擰起眉頭。

藍旭點的乾麵裡也有香菜，但他毫不猶豫就拿起筷子將香菜拌在麵裡吃了進去。

「藍旭，幫我吃香菜吧？」

他冷漠拒絕，「不要。」

「眞小氣耶你！如果是今天以前的你，一定會馬上答應吧，唉，眞想念以前的模範少年藍旭。」我揶揄他。

藍旭瞪了我一眼，下一秒竟把自己碗裡的香菜全都夾進我的碗裡，我大驚失色，當場尖叫。

「你幹麼？」

「誰叫妳那麼多廢話？」

「你很不可愛耶。」

「吵死了。」

這頓飯就在這樣吵吵鬧鬧的氣氛下結束，我們都把桌上的餐點吃完了。

當然，我特意挑出來的香菜除外。

Chapter 09

週末，我跟高偉杰約在家裡附近吃午餐。

和他會合後，一時想不到要吃什麼，我驀地想到一個有趣的選項，便帶著他走過去。

才剛推開店門，彭芷晨就看到我了，她立刻皺起了眉頭。

她領著我們入座、送上菜單，趁老闆不注意，小聲對我碎念：「就跟妳說這間店的東西很難吃，幹麼還來浪費錢？」

「就是因爲不好吃，所以帶朋友過來吃吃看。」我哈哈大笑。

彭芷晨像是完全不能理解我的想法，賞了我一記白眼，替我們點完菜後就無奈離去。

兩碗拉麵送上桌後，我沒有動筷，只是看著低頭吃麵的高偉杰，迫不及待問：「味道怎麼樣？」

「不錯。」

「眞的假的？你不用勉強自己，可以老實說。」

「眞的味道不錯啊，怎麼了？」他一臉不解。

我簡直傻眼，「高偉杰，你的味覺是不是有問題？該不會我上次烤的紅豆吐司其實很難吃，只是你吃不出來吧？」

「我是眞的覺得妳烤的紅豆吐司很好吃啊。」他更困惑了，說完不再理會我，逕自埋頭吃麵。

我愣愣看著他一口接著一口，確實是吃得津津有味，不由得微微一笑。

直到現在，我還是沒有對高偉杰提起，我差不多已經能夠確定，翔翔的死應該與楊騰順和他的母親有關。

那天之後，楊騰順曾經打電話給我，支支吾吾表示想要接續討論當時未完的話題。

「楊大哥，你是不是懷疑我那位朋友的母親，就是你的舊情人？」

楊騰順像是陷入了掙扎，過了將近一分鐘才坦言：「我確實這麼懷疑，畢竟她先生也在食品集團擔任要職……瑤瑤，能不能跟妳私下見一面？我有件事想拜託妳。」

藍旭的警告言猶在耳，倘若我再跟楊騰順單獨見面，被藍旭知道，情況也許會變得不可收拾。

「楊大哥，你是想拜託我幫你打聽，我朋友的母親是否就是你的那位舊情人嗎？」

楊騰順一時半刻沒有應聲，等同默認了。

「瑤瑤，我沒有別的想法，單純想知道那個人現在過得好不好……請妳千萬不要讓怡倫知道這件事。」他語帶苦澀。

「這是當然的，楊大哥你放心。」我一口答應，卻又故作爲難道：「要確認這一點其實不算太難，只要問出我朋友母親的名字就行了吧。不過，我跟我那位朋友只是點頭之交，而且很久沒聯絡了，突然去問他，他母親叫什麼名字，他一定會覺得很奇怪，我得想一下該怎麼做比較好……你可以等我一段時間嗎？」

「好。」楊騰順感激道，「眞的非常謝謝妳，瑤瑤，一切照妳的步調進行就好，無論多長時間我都可以等。」

和楊騰順之間的往來必須變得更加謹愼，我不想再被藍旭抓到把柄。

我跟高偉杰提過，藍旭是沈怡倫的兒子，目前搬過來與沈怡倫一家同住，但我沒跟他說，藍旭或許已經察覺，我並非如同我在沈怡倫一家面前表現出的那樣良善無害。

還有，倘若高偉杰得知，楊騰順是他母親的舊情人，且受他母親驅使去做了某些事，他必然會很痛苦吧？

我看著面前已經吃了大半碗麵條的高偉杰出神，思緒越飄越遠。

「妳怎麼了？」

注意到我遲遲沒有動筷，高偉杰忍不住問我。

「沒事，看你吃得津津有味，我好像終於提起一點食欲了。」我若無其事地拿起筷子，不經意瞟到旁邊那面貼滿照片的牆壁，以及牆上掛著的告示牌，頓時眼睛一亮，「欸，高偉杰，用即可拍拍下用餐照片，餐費可以打折耶，我們等等來拍怎麼樣？」

他抬眼望過去，無可無不可地點頭，「好啊。」

我請彭芷晨拿出店裡的即可拍相機，幫我跟高偉杰拍照。見牆上的照片都有寫上顧客的名字，我也打算跟進。

「高偉杰，我把你的名字寫上去，你不介意吧？」

「不會，隨妳高興。」他聳聳肩。

我咧嘴一笑，借了奇異筆在即可拍上寫下兩人的名字，再讓彭芷晨把照片貼在牆上。

「妳帶妳朋友來吃這麼難吃的拉麵，應該請客才對。」高偉杰走到櫃檯去結帳時，彭芷晨沒好氣地對我說。

「可是他說很好吃耶，連湯都喝光了，還說有機會要再來。」

「眞的假的？他的味覺是不是有問題？」彭芷晨的反應跟我一模一樣，她扭頭看了高偉杰一眼，低聲問：「你們眞的只是朋友？」

「是呀，不過對我來說，他是個很重要的朋友。」我坦言。

「那他知道妳生病的事嗎？」

「目前只有妳一個人知道。」

「妳沒有打算告訴他？」

「我還不知道要不要告訴他。」

看著我臉上的笑，彭芷晨欲言又止，沒再繼續追問下去，視線落在牆上那張我和高偉杰的合照上。

離開拉麵店前，我和彭芷晨互加了LINE。

下午的陽光很好，很適合散步，我和高偉杰臨時起意在外面隨意走走逛逛。我一邊走一邊東張西望，在瞥見一張熟悉的面孔時，不由得停下了腳步。

背著包包的藍旭，和一名高高束著馬尾的年輕女孩，站在對街的騎樓下有說有笑，關係似乎頗爲親密，兩人年紀相仿，或許那女孩是藍旭班上的同學吧。

女孩眉眼彎彎，笑容明亮，感覺性格活潑開朗。

「妳在看什麼？」高偉杰好奇問我。

「喏。」我抬手指過去，「那個男孩，就是怡倫姊的兒子。」

高偉杰打量了藍旭好一會，「他跟沈怡倫長得不太像。」

「對呀，應該是像他父親，不過藍旭的眼睛倒是跟怡倫姊挺相似的。」

過沒多久，藍旭和女孩並肩離去，身影很快消失在街角。

「妳有從楊騰順身上打探出什麼嗎？」高偉杰淡淡開口。

「還沒有。」我努力讓語氣維持自然，「最近比較不好接近楊騰順，藍旭那傢伙還滿機伶的，我怕他會起疑，或者有其他聯想，反倒打草驚蛇。」

「如果有困難，妳不要勉強自己。」

那一刻，我忽然不確定高偉杰這句話，除了關心，是否也是在勸我放棄調查楊騰順。

如果是，我似乎也能理解他是怎麼想的。

「我知道，我會注意的。」我笑笑回道。

兩天後的傍晚，我出門到附近超商買東西，回來的時候注意到一名穿著高中制服、束著馬尾的女孩，在怡倫姊住的社區大門前徘徊，頻頻朝社區內張望。

而女孩身上的制服，屬於藍旭就讀的那所高中。

我特意向前幾步，多看了女孩幾眼，發現她是那天跟藍旭一起在街上的女孩子。

心念一轉，我很快決定上前向她搭話。

「同學，我看妳站在這邊好久了，請問有什麼事嗎？」

女孩嚇了一跳，面色驚慌，呑呑吐吐地回：「我、我有個朋友住在這裡，我有事經過附近，就過來看一看。請問妳也是這個社區的住戶嗎？」

「不是，我住在對面。妳跟妳朋友有約嗎？」

「沒有。」

「妳是藍旭的女朋友嗎？」我開門見山問。

女孩驚駭得瞪大了眼睛，完全說不出話來。

我笑著解釋：「前天我碰巧看見你們兩個一起走在街上，所以我才會認出妳來，猜妳是過來找他的。」

「妳認識藍旭啊？」女孩眨了眨眼，表情又驚又喜。

「是呀，妳是他的女朋友嗎？」

女孩微微臉紅，眼神閃爍，囁嚅回道：「我們……曾經交往過，現在只是朋友。」

隨後，她小心翼翼地開口：「冒昧請問，妳也認識和藍旭同住的親戚嗎？」

「他們全家我都認識。」爲了瞭解女孩的意圖，我照實回答，「怎麼了？妳想見藍旭的家人？」

「不是這樣的，藍叔叔他……我是說，藍旭的父親不久前去世了，他一個人搬來這裡和親戚同住，我只是想知道他跟親戚處得好不好、住得習不習慣。」她強作鎮定地解釋。

「原來如此，妳對他眞好。」

「沒什麼啦，畢竟我跟他認識很久了……姊姊跟藍旭也很熟嗎？」

我正要張口回答，忽然一隻大手伸過來將我的嘴巴牢牢捂住，嚇得我差點驚叫出聲。

扭頭一看，藍旭不知何時來到我的身後，他背著書包，應該是剛從學校回來。

「妳來這裡幹麼？爲什麼不說一聲就擅自跑過來？」藍旭沒有看我，目光落在女孩身上，語氣帶著濃濃的不悅，顯然是生氣了。

「我、我只是順路過來看看你住的地方，又沒有要幹麼，你何必這麼凶？」儘管女孩倔強地爲自己辯解，卻一臉心虛，不敢直視藍旭的眼睛。

「妳已經嚴重打擾到我的生活，以後不准再隨便跑過來。」

藍旭冷冷撂下話後，便鬆開捂住我嘴巴的手，大力拽著我走進社區大門，沒再回頭看女孩一眼。

來到一處四下無人的角落，藍旭才放開我，他站得離我很近，我必須稍微仰起頭，才能與他四目相交。

「妳跟那傢伙說了什麼？」

「什麼說了什麼？」我一頭霧水。

「妳告訴她，我跟我媽一起住嗎？」

「沒有，我只跟她說，我和與你同住的親戚一家很熟，但我沒說怡倫姊是你媽媽。」

「眞的？」

「當然，我幹麼騙你？」

藍旭緊皺的眉頭稍微鬆開了些，似是放下心來。

「你是不是有點小題大作了？就算你不想讓她知道怡倫姊是你媽，也用不著反應這麼大。況且她還是你的前女友，她過來關心一下你在這裡的生活，也在情理之中，沒必要對她這麼凶吧？」我無奈道。

「誰跟妳說她是我的前女友？」

「剛剛那女孩說的啊，她說你們曾經交往過。」

藍旭怔住了，眼中閃過一抹錯愕。

然而僅一瞬間，他臉上轉而浮現我沒見過的冷厲。

「我和她只是朋友，從來沒交往過，而且她現在也有男朋友，不應該做出這種容易讓人誤會的舉動。」

我有些意外，藍旭和那女孩的關係並不若我先前所想。

「不要讓她知道我媽還有楊叔叔的事，否則會很麻煩。」藍旭特別叮囑我。

「爲什麼會很麻煩？」見他似乎不太想說，我嘆氣，「你要告訴我理由，我才能知道要是她下次又偷偷跑過來，偏偏不巧再次遇到我，我該怎麼應付她吧？」

藍旭被我說服了，沉著臉不情不願地開口：「如果她知道我是跟我媽一起生活，就會想盡辦法說服我媽把我留下來，不讓我畢業後離開臺灣。」

「爲什麼？因爲她喜歡你，所以捨不得你離開？」

「她從來沒有喜歡過我。」他斬釘截鐵道，「她之所以宣稱自己是我的前女友，不過是爲了博取妳的信任，妳別被她利用了。」

冷冷說完，藍旭頭也不回離去。

只是當我走出社區大門，那名女孩竟然還站在社區外的街燈下。

她靠著牆壁一動也不動，發現我走近，對我抬起一雙泛紅的眼睛。

「妳在等我？」我問她。

女孩點點頭，啞聲問：「藍旭很生氣嗎？」

「他的確很不高興，他說你們根本就沒有交往過。妳剛剛騙了我？」我直言不諱。

女孩面紅耳赤，不吭一聲。

「妳和藍旭是同學嗎？認識多久了？」

「我們從小一起長大，以前他就住在我家隔壁。」

我心裡大概有數了，淡淡開口：「藍旭還說，妳不希望他高中畢業後離開臺灣，甚至還想找上與他同住的親戚進行勸說，想方設法就是要讓他留下來。」

女孩臉上的緋紅蔓延至耳根，她咬唇不語，像是默認了。

「我叫姚瑤，妳叫什麼名字？」

她飛快看了我一眼，吶吶答道：「石語婕。」

「語婕，時間有點晚了，妳還是回去吧。妳可以加我的LINE，有事透過LINE問我，別再這樣突然跑過來，以免藍旭看到了又會生氣。」

石語婕接受了我的提議，並向我道謝，在交換過彼此的聯絡方式後，她才離開了這片街區。

其實我並不眞的關心這個女孩和藍旭之間的糾葛，只是想著若是能多一項牽制住藍旭的事物，對我也有好處。

往後接連三天，我和石語婕在LINE上有一搭沒一搭地聊天，很快變得熟稔起來，她告訴了我不少藍旭的事情。

石語婕就住在藍旭隔壁，石語婕的父母也算是看著藍旭長大，對生於單親家庭的藍旭多有疼惜，因此時常對女兒耳提面命，要女兒幫忙照看同齡的藍旭，兩小無猜感情不錯，幾乎每日形影不離。然而這樣的關係卻在進入青春期後產生變化，兩人在高一時差點交往，後來卻不了了之，石語婕不久另交男友，自那時起，她和藍旭便漸漸不若過去親近。

我問石語婕，她與藍旭沒能交往的原因是什麼，石語婕顧左右而言他，就是不願正面答覆。

我又問她，爲何不希望藍旭出國，石語婕給的答案也很令人匪夷所思。她聲稱藍旭從小個性依賴，要是沒有藍父和她在旁協助，必定無法照顧好自己。倘若他隻身去到國外生活，難保不會發生意外，連石語婕的父母也爲此擔憂。

這個女孩搬出各式冠冕堂皇的理由，但就是沒有一句出於眞心。

又過了幾天，我出門買東西，卻遇上大雨，決定搭計程車回去。坐在車裡，我無意間往車窗外望去，隔著雨幕瞥見一個熟悉的身影。

我臨時讓司機停車，付完錢就打開車門衝下車，三步併作兩步飛奔至那個人的藍色傘下。

「妳在搞什麼？」藍旭手上的傘差點沒拿穩，他瞪大眼睛看著我。

「我沒帶傘，借你的傘遮一下雨。」我笑嘻嘻地迎向他的目光，「這個時間你不是應該留在學校讀書嗎？怎麼會在這裡？」

「不干妳的事吧？」

「你別這麼不懂事好嗎？你就不怕我去跟怡倫姊說，你放學刻意在外面逗留，就是為了不想回家跟她吃晚餐嗎？」

藍旭硬是按捺住火氣，心不甘情不願回：「我讀書讀累了，所以提前離開學校，在外面走一走再回家。這個答案妳滿意嗎？」

「姑且算是滿意。」注意到前方不遠處有一間電影院，我忽然起心動念，向他發出邀請，「時間還早，要不要一起看場電影再回去？」

「妳不會自己去看？」

「反正你也是要打發時間，現在雨勢這麼大，在外面閒晃很好玩嗎？不如跟我去看電影，舒舒服服度過兩小時再回家。」我斜眼看他，「怡倫姊說你很聰明，但我怎麼覺得你這個人很死腦筋，一點都不懂得變通呢？怪不得石語婕會憂心忡忡，不放心你獨自在國外生活。」

「那傢伙又對妳亂說什麼了？」藍旭目露凶光。

「你陪我看完電影，我就告訴你。」

藍旭拿我無可奈何，僵持了一下便跟著我走進電影院。

我很久沒來過電影院了，對最近上映的新片一無所知，隨意選了一部海報看起來順眼的片子，買了兩張票。

難得踏進電影院，卻不幸選中一部超級爛片。電影開演不到半小時，就聽一群觀眾嘖聲連連，過了一小時，更有不少人陸續起身離場。包含我和藍旭，最後影廳裡剩不到十個人。

其實我也無心繼續觀影，只是有點懶得動，電影院的座椅滿舒服的，又有冷氣吹，坐在裡頭發呆也不錯。

「石語婕到底跟妳說了什麼？」

正當我對著銀幕出神之際，藍旭的聲音冷不防在我耳邊響起，看來他也放棄這部電影了。

我們附近的座位剛好是空的，只要放輕音量，就不會吵到其他觀眾，於是我放心地把石語婕所言轉述給他聽。

「沒想到你們是青梅竹馬，眞可愛。」

「可以不要這麼說嗎？很噁心。」他眉頭緊皺，毫不掩飾對那四個字的嫌惡。

「你喜歡她嗎？」

「不喜歡。」像是怕我不信，他又補充，「對我來說，現在的她就只是一個像家人一樣的朋友。」

「現在？所以你以前確實喜歡過她嘛。」我抓到他的語病。

藍旭並未否認，卻也沒有多言。

「她說你們差點就在一起，可是她最後卻跟別人交往，這中間發生了什麼事？」

我以爲藍旭不會願意回答，結果他在沉默半晌後出聲了。

「她說她搞錯了。」

「搞錯了？」

或許是置身在黑暗的環境裡容易讓人降低警戒心，藍旭顯得有些放鬆，竟向我娓娓道來。

「我們從小就走得近，時常玩在一起，身邊的人自然而然把我們湊成一對。國三那時，我們的關係也確實變得不同，她時常主動牽我的手，也會在沒人看見的地方主動擁抱我，那時我以為我們是戀人了。直到升上高一，有一次我和她單獨在房間裡，氣氛很好，正準備接吻的時候，她忽然停下動作，用一種十分陌生的眼神看著我，她尷尬地把我推開，說她搞錯了……」

這時候才說自己搞錯了？前面做什麼去了？我心中暗想，不免有些同情藍旭，如今他還能把石語婕當作朋友，足見他是個重情且心軟的人。

於是，我善體人意地對藍旭話間明顯的停頓不置一詞，讓他處理好自己的情緒。

藍旭再開口時，聲音更低了，我需要非常刻意去聽才能聽得清楚。

「之前大家都公認我和她是一對，久而久之，她也這麼以為，她說直到要跟我接吻那一刻，她發現自己竟產生抗拒，恍然大悟自己並沒有將我視為戀愛對象。她還說她和我太熟了，所以沒辦法跟我發展成這種關係，要我當作一切沒有發生過。」

藍旭的眼睛直視著大螢幕，聲音沒有半點起伏，「當時她還邊說邊笑，像是覺得整件事很荒謬可笑，我也覺得她很荒謬可笑，卻怎樣也笑不出來。她說她搞錯了，她不認為我們曾經交往過，也不承認我們有過那一段。」

藍旭的側臉被銀幕晃動的光影照得忽明忽暗，我有些看不明白他此刻的表情。

「人有時候反而看不清離自己很近的東西，或許石語婕就是這樣，直到你即將遠走高飛，她才體會到你對她的重要性，遲來地明白了自己真正的心意。」我說出自己的看法。

藍旭冷笑，「那又如何？從過去到現在，都是她在自說自話。不管開始還是結束，都是她一個人決定，沒有問過我的意見。」

安靜了一陣，藍旭再次開口：「不光是她，我爸也是這樣，他自行決定要我去到從未謀面的媽媽身邊，只因爲他覺得這是他虧欠媽媽的，卻沒問過我願不願意。我眞的很厭倦別人這麼對待我，擅自要我接受，又擅自要我放下。我遵從我爸的遺願，喚那個陌生的女人媽媽，在這段日子扮演好乖兒子的角色，這樣就夠了吧？至於石語婕，我不想再被她左右，她怎麼想與我無關。以後我只想過好自己的生活，不讓別人爲我決定任何事。」

我的目光始終沒有從藍旭臉上移開，輕聲問道：「你很想念你爸爸吧？」

他沒吭聲，眼角輕輕抽動。

「除了石語婕，你後來有交過女朋友嗎？」

「問這個幹麼？」

「替你感到心酸呀，連接吻都沒有過就被甩了，心裡一定很不好受。要是你後來沒交過女朋友，那你不就還是個小處男？」我不想藍旭平靜的嗓音繼續浸滿悲傷，故意開他玩笑。

「什麼小處男？」他擰起眉頭。

我笑嘻嘻地摸摸他的頭，「你都高三了，長得也不錯，應該挺有女人緣的才對，卻連跟女孩子接吻的經驗都沒有過，實在太可惜了，好可憐的小處男。」

「別那麼叫我。」他咬牙切齒道。

「你不喜歡我這麼叫你？」

「廢話。」

「好吧。」我語氣認真，「你把頭轉過來看著我三秒鐘，我就不這麼叫你。」

涉世未深的藍旭，果然依言把臉朝我轉了過來，神情不悅。

我冷不防傾身朝他貼近，在他的嘴唇印上一吻。

待我退開，他眼中的怒氣已然消失，只剩下滿滿的錯愕。

「現在你已經跟女生接過吻了，恭喜你又多了一項人生體驗。」我輕輕一笑，又去摸他的頭，他的頭髮很軟，摸起來手感很好。

「妳神經啊？」

他用力甩開我的手，起身坐到隔壁座位。

即使光線昏暗，我仍能看見他的側臉染上一片鮮豔的緋紅色澤。

「呵呵，誰叫你年紀輕輕的，卻一副悲秋傷春的樣子，看了就忍不住想逗逗你。」

「誰悲秋傷春了？而且有人像妳這樣逗人的嗎？」

注意到有人朝我們這邊側目，藍旭才察覺自己音量過大，便悻悻然不再多言。不過他大概是真的生氣了，坐了幾分鐘後，他電影也不看了，拎起書包逕自起身離開，我只好跟著追出去。

雨差不多已經停了，藍旭快步行走在人行道上，我必須小跑步才能追上他，同時還要留心腳下，避免一腳踩進水窪。

我邊笑邊安撫他，「好了，不要生氣了啦，我是看你心情不好，才想要安慰你。」

「只要有人心情不好，妳都用這種方式安慰對方嗎？」藍旭並不領情。

「當然不是呀。」

「那妳幹麼對我做這種事？」

「因爲……」我驀地止住了話。

「我不想看見妳，別再跟著我。」

藍旭冷冷撂下這句話，便加快步伐走遠。我站在原地，愣愣看著他的背影消失在街角。

爲什麼我剛剛沒能夠繼續說下去呢？

因爲就在那一刻，我發現自己其實並不是想安慰藍旭，才做出那種舉動，而是當他提起父親時，神情明明像是在哭，卻沒有流下半滴眼淚，看著這樣的他，我心中萌生出一股難以言喻的感受。

忍不住就想要觸碰他。

那個吻並非出於安慰、玩笑或算計，而是情不自禁。

Chapter 10

怡倫姊帶著光羽來我家玩時，和我聊起了她的一個煩惱。

她察覺楊騰順近日有些不太對勁，不僅常沒聽見她說話，連話也少了很多，彷彿有心事。只是當怡倫姊出言關心，楊騰順都說自己沒事，要她別想太多。

楊騰順是爲了什麼事心神不寧，我心知肚明，卻無法直言，只能拿空話安撫她。

「會不會是妳多心了？」

「可是他很少這麼心不在焉，今天早上出門的時候，他連手機都差點忘記帶走，平常他幾乎不會這樣。」怡倫姊眼中盈滿擔憂。

「可能是楊大哥最近太忙了吧？人只要一忙起來，的確會很容易忘東忘西，他最近是不是工作很多？」

「嗯……他最近是挺忙的沒錯，可能眞是這個原因吧。唉，有時我眞受不了自己，動不動就胡思亂想。」她無奈自嘲。

「怎麼？楊大哥還有出現其他異常的行爲嗎？」我從怡倫姊的話裡聽出一絲端倪。

「也不是。」猶豫了一會，怡倫姊坦言，「我有想過，他這次會這樣反常，會不會跟女人有關？」

「妳爲什麼會這麼想？」

「騰順的女人緣一向很好，剛結婚那一年，他帶我去參加他的大學同學會，他的那些女同學不僅比我聰明美麗，也都比我有成就。同學會結束後，甚至有女同學約他私下見面。當然，騰順沒答應，只是我還是會有些難受，畢竟我這人沒什麼出色的地方，就連我婆婆一開始都說，騰順值得更好的妻子。爲了不讓騰順對我失望，我一直很努力地照顧這個家，從來不敢懈怠。所以當騰順得知我的那段過去，以及藍旭的存在，我非常惶恐，害怕他會因爲發現我並不是他所期望的那種女人，而感到大失所望。」

我沉默片刻才開口：「妳現在之所以不安，不是眞的懷疑楊大哥，追根究柢是對自己沒信心？」

「嗯，就是瑤瑤妳說的這樣！」怡倫姊彷彿找到了知音，語氣略微激昂了起來，「我很願意相信騰順不會背叛我，只是我始終難以擺脫長久以來的心魔，只要騰順在日常生活中有哪裡跟平常不太一樣，我就會忍不住胡思亂想，像是猜測騰順是不是有事瞞著我，那件事是不是與別的女人有關什麼的。」

我暗自感嘆，女人的第六感確實不簡單。

我凝視著怡倫姊清秀的側臉，意有所指地問：「在妳眼中，楊大哥就是個這麼好的人嗎？」

「是呀，我不會再遇到比他更好的男人了。」她笑容靦腆，帶著一絲少女的羞澀。

我微微一笑，話鋒一轉，「楊大哥今天去哪裡出差？什麼時候回來？」

「臺中，我記得他是搭七點多的高鐵回來。瑤瑤，妳晚點要不要來我家一趟？我媽送了一盒很有名的蜂蜜蛋糕給光羽吃，我想著要分幾片給妳嘗嘗，卻忘了帶出門。」

「啊，但我晚上和朋友有約，不如我明天再去妳家一起吃好嗎？」

怡倫姊一口答應。

晚上八點，我坐在客廳的沙發上，撥出一通電話。

鈴聲響不到兩遍，對方便迅速接起，像是等候這通電話很久了。

「楊大哥，你現在方便說話嗎？有件事想問你。」

「可以，我正在高鐵上，妳要問什麼？」

「早上我和怡倫姊聊天，她說你這幾天有點奇怪，感覺心事重重，我在想會不會是跟『那件事』有關。」

即使我沒明說，楊騰順也立刻了然於心，他安靜了下，略微尷尬地坦承，「是啊，我這幾天老是想著這件事，大概是我太過心神不寧，被怡倫看出來了。唉，都一把年紀了，還這麼藏不住心事。」

「別這麼說，我能理解楊大哥的心情。」我語氣溫和，「我打電話過來是想問你，你那位舊情人叫什麼名字啊？其實這個問題我上次就該問了。」

「啊，我自己也忘了要告訴妳她的名字。她叫詹孟嫻，孟子的孟，嫻熟的嫻。」

我頓覺一陣天旋地轉，全身發冷。

之前跟高偉杰去彭芷晨打工的拉麵店吃飯那次，他掏出皮夾正打算去櫃檯結帳時，臨時改變心意，先去了一趟洗手間，順手把皮夾放在餐桌上。見機不可失，我連忙從皮夾裡翻找出他的身分證，查看他母親的名字。

高偉杰母親的名字，就和楊騰順此時說的一樣。

我腦中一片混亂，努力思考自己該有什麼樣的反應，最後決定以驚訝的語氣說：「楊大哥，其實我已經從我朋友口中，問出他母親的名字了，他母親就叫做詹孟嫻。」

此話一出，楊騰順瞬間沒了聲音，彷彿從電話另一端消失了。

過了很久，他才顫聲開口：「眞的嗎？」

「嗯，名字裡的每個字都一模一樣，應該就是她沒錯。除此之外，我和我朋友還聊了一些他母親的事，他母親現在不住在家裡，至於她爲何沒跟家人同住，我就不知道了，也不好直接問我朋友。不過，我會再想辦法打聽，有結果立刻通知你。」

「好，瑤瑤，眞的很謝謝妳。」楊騰順連聲向我道謝，難掩激動。

「不用客氣，很高興可以幫上你的忙。」儘管能預料得到，接下來我提出這個要求，可能會令楊騰順起疑，但我實在顧不得那麼多了，「出於好奇，我有件事想問楊大哥。」

「妳儘管問。」

「詹孟嫻告訴你，她丈夫在外面有個孩子，當時你一聽就知道詹孟嫻希望你能爲她做些什麼。能不能告訴我，她希望你做什麼？」我一字一頓，小心翼翼地問，「她希望你做的……是讓那孩子離開或消失，這樣的事嗎？」

楊騰順再度沒了動靜。

很長一段時間，我只聽得見高鐵行駛的聲音，以及車廂內廣播的話聲。

「楊大哥，如果你不願意說也沒關係，我無意令你爲難。」

「瑤瑤，這種事妳會好奇，也是正常的吧。」楊騰順像是喃喃自語般說完這句話，便深吸了一口氣，彷彿終於下定決心似的開口：「妳說得沒錯，即使她沒有明白說出來，我也知道她就是這個意思。」

「那麼……」我下意識握緊了手機，竭力不在話聲裡透露太多情緒，「你眞的爲了她，對那個孩子做了什麼嗎？」

楊騰順再次深吸一口氣，呼吸明顯變得粗重起來。

「嗯。」他的嗓音極爲低啞，且幾不可聞，「我守在那個孩子的住處樓下，注意到她媽媽出去了，她被表姊接走，我跟了過去……接下來的事就不方便提了，抱歉。」

「我才要跟你說抱歉。」我感覺喉嚨乾澀到近乎疼痛，即便用力呑嚥口水，卻仍覺如有火燒，「那麼楊大哥，如今回想起來，你會爲自己這個舉動感到後悔嗎？」

楊騰順再次沉默了好一段時間，像是陷入了長考。

然而最後他卻用篤定的口氣回答我：「不會。雖然對我來說，那是一段不堪回首的悲傷過往，但我並不後悔。」

我沒能再聽進後面楊騰順說的任何一個字，草草找了藉口結束這通電話。

等著我的又是一個徹夜無眠的長夜，我毫無睡意，睜著眼睛坐在沙發上，看著窗外的天色由濃重的墨黑漸漸轉為魚肚白。

✦

翌日，怡倫姊的婆婆臨時把光羽接過去家裡玩，怡倫姊便找我一起到她常去的咖啡廳喝下午茶，點了好幾塊口味不同的蛋糕分食，享受難得不被幼童打擾的悠閒時光。

「騰順昨天從臺中回來後，精神好多了，也主動跟我說了些工作上的事。」怡倫姊神態輕鬆，「看樣子果然是我多慮了。」

「是嗎？那就好。」我淡淡回了句。

注意到我有些不對勁，怡倫姊放下手中的咖啡杯，小心觀察我的臉色，「瑤瑤，妳怎麼了？氣色看起來好差，還有黑眼圈。昨晚沒睡好嗎？」

「嗯，有件事怎樣都想不通，結果就失眠了。」

「是什麼事啊？妳有煩惱嗎？要不要跟我說說？」

「我真的可以說嗎？」看了怡倫姊一眼，我端起桌上的咖啡杯喝了一口。

「當然呀。」

聞言，我定定看向怡倫姊寫滿擔憂的眼睛。

「我在想，怡倫姊爲什麼非得這樣看著楊大哥的臉色生活不可？又爲什麼非要把他對妳的好，當作是一種天大的恩惠呢？妳好像打從心底認定自己不夠好、不值得被愛，對於楊大哥願意跟妳結婚、給予妳安穩的生活，妳感激涕零。」

怡倫姊似是沒能立刻消化我說的話，只是愣愣地看著我。

「妳口口聲聲宣稱，楊大哥對妳有多麼包容體貼，但妳就連喝一杯葡萄酒都得偷偷摸摸，不敢讓他知道；還有，妳婆婆隨便一句話就讓妳從此不敢再戴上喜歡的耳環。」我的語氣漸漸轉爲激動，「再怎麼完美的人，都有不爲人知的醜陋面，楊大哥也不例外，他這個人沒有妳想像中那麼好，妳根本沒必要爲了迎合楊大哥的喜好，抹煞眞實的自己，扮演成他期待的樣子，每一天都活得無比壓抑。看著這樣的妳，我眞的覺得妳很可憐。將來光羽長大，如果她跟妳一樣處處厭惡自己，總是委屈自己配合別人，妳會怎麼想？妳希望光羽以後像妳這樣活著嗎？」

怡倫姊大概從沒想過會從我口中聽到這麼嚴厲的批評，她嘴唇微微顫抖，滿臉不可置信。

我對她受傷的神情視若無睹，逕自往下說。

「妳說楊大哥覺得妳很乖，是個好女孩，所以才選擇跟妳結婚。我當時聽了簡直快吐了，那種說法對女生來說根本就是一種侮辱，而妳卻視爲對妳最好的讚美，甚至引以爲榮？」

我越說越不客氣：「藍旭找過來的時候，妳不想著他是妳孤苦無依的兒子，該要不顧一切好好照顧他，只顧著擔心自己可能會因爲不夠『純潔乾淨』而遭楊大哥厭棄。然後現在妳還要每天戰戰兢兢觀察楊大哥種種細微的反應，去猜測他是不是在外面有別的女人？」

「怡倫姊，妳是我看過最可悲的人了。」我把話說得極爲直白，也極爲傷人。

怡倫姊猛然從座位上站起，臉上血色褪盡，眼眶通紅，像是隨時會哭出來，但她始終沒有開口反駁，只是咬緊了嘴唇。

最後她抓起放在椅子上的包包，頭也不回跑出店裡。

等到再也看不見她的身影，一顆眼淚沿著我的眼角滑落，摔碎在桌面。

我攥緊了雙手，指甲深深陷入肉裡，卻絲毫感覺不到疼痛，整張臉很快就被洶湧的淚水沾濕，同時一股難以遏止的怒火驀地從心中升起。

那天晚上，我接到彭芷晨打來的電話。

通完電話，我直接去到她晚上打工的連鎖壽司店等她下班，再一同前往附近的一間地下酒吧。

我點了一杯烈酒，仰頭一口喝乾，不顧喉嚨還火辣辣的，就準備再點一杯，彭芷晨卻阻止了我。

「都什麼時候了？妳還這樣喝酒。」她擰起那雙秀氣的眉毛，沒好氣地問：「妳怎麼了？」

「沒事啊。」我嘆了一口氣，撥了下頭髮，「妳剛剛在電話裡說有麻煩，是什麼麻煩？」

「之前妳跟妳朋友來我店裡拍的那張照片，被程再沅看見了，他今天中午也來拉麵店吃飯。」彭芷晨姿態優雅地啜了一口色澤豔麗的調酒。

我不以爲意，「那又如何？」

「程再沅誤以爲他是妳的現任男友，照片上寫了妳朋友的名字，他還拿出手機翻拍那張照片。既然他認定妳是因爲另結新歡，才會甩了他，必然不肯善罷甘休，他這個人向來有仇必報，很可能會直接找上妳朋友，向他爆料妳的醜事，想盡辦法毀了妳，妳最好小心一點。」

「謝謝提醒。」我手上把玩著空杯，揚起脣角，「不過，毀了我？程再沅有那麼大的本事嗎？」

「勸妳別小看他，我認識他很久了，他是那種爲達目的不擇手段的狠人，跟我妹簡直是天生一對。」彭芷晨警告我之餘，還不忘譏諷自己的妹妹，再一次印證兩人之間姊妹情誼蕩然無存。

老實說，我沒有把彭芷晨的話當一回事，程再沅應該沒那麼無聊，都分手好一陣子了，還來找我麻煩幹麼？畢竟交往那時他也沒多愛我，既然愛得不深，恨也不會太深吧。

直到過了一個星期，高偉杰找我去吃燒烤，我才意識到自己的天真。

在烤了一盤牛五花和一盤厚切牛舌後，高偉杰忽然問我：「妳認識一個叫程再沅的人嗎？」

我正舉著夾子翻肉，聞言動作一停，抬頭看了他一眼，「認識，我前男友。」

「嗯。」他應了一聲，沒再問下去，隨手將幾片高麗菜和幾粒魚餃放進旁邊煮沸的火鍋裡，似乎沒打算深入探究。

「他找上你？」

「他找到我的臉書，傳了一堆訊息給我。」

「他跟你說了什麼？」

「沒什麼，全是些無聊的廢話。」

「看過那些無聊的廢話，你沒有什麼話想要問我？」我夾起一片剛烤熟的牛五花放進他的碟子裡，「你可以問的，沒關係。」

「我沒有什麼想要問妳。」說完，他也夾了一隻柳葉魚給我，魚皮微酥微焦，烤得火候正好。

「你這是體貼我，還是不敢從我口中聽到答案？」

高偉杰沒有馬上回答，只是看著我。

「看你這反應，他果然告訴你了吧？」我也不再拐彎抹角，直言道：「他跟你說，我以前是做援交的是吧？」

高偉杰依舊沒有特別的情緒反應，過了一會才開口：「是眞的嗎？」

「是眞的。」我點點頭，「在朋友的牽線下，我國中就開始陪年長的男人約會，第一次眞正跟男人睡，是在國三那年，然後就有了第二次、第三次……東窗事發後，爸媽氣得把我趕出家門，說沒有我這個丟人現眼的女兒。最後是我小叔收留我，高中三年我都跟他住在一起，他倒是不管我，只說不要鬧進警局，一進警局我就得從他家滾蛋。所以我繼續重操舊業，只是行事謹慎許多，那是我人生中最荒唐的一段時期。」

「妳當時很需要錢嗎？」

「不，我並不是缺錢花用才這麼做，而是除了這件事，我不知道自己可以做什麼。」我淡淡一笑，不曉得這樣的笑容看在高偉杰眼裡意味著什麼。「該怎麼說呢？陪不同的男人吃飯、逛街、睡覺，聽他們說心事、說自己過得有多空虛，我就覺得好多了，好像看著別人的空虛，就可以忘掉自己的空虛。」

「我遇到的男人，有很多跟楊騰順差不多年紀，都是事業有成的已婚人士，說什麼看到我就會想到家裡的女兒，出手更加大方。那個時候，唯一讓我有成就感和安全感的事，就是看著銀行帳戶裡的數字越來越多，我像發了瘋似的拚命賺錢、存錢。雖然身邊的人一一離我而去，但至少我還有錢，不是眞的一無所有，只要能夠讓我活下去，我不在乎別人怎麼想。」

「所以妳不會爲那段過去後悔？」

「沒有那段過去，我不會有現在這種生活。靠著過去賺的那些錢吃飽穿暖、念大學，以及租下楊騰順家對面的昂貴住所、買漂亮的禮物討好怡倫姊，還有和你一起吃美味的晚餐，這些我都能輕而易舉做到。這樣的我，如果還爲過去的自己感到羞愧，那就太矯情了。」

我看著高偉杰的眼睛，「聽完這些，你對我感到失望了嗎？是不是想跟我絕交？」

「我幹麼跟妳絕交？」

「我不知道你會不會看不起我這種人啊。我已經沒什麼朋友了，再少你一個，我會孤單的。」

「神經。」

一絲笑意浮上他的唇角，他又把烤架上的兩片杏鮑菇夾進我的盤子裡，「話說回來，妳前男友怎麼會知道那些事？妳告訴他的？」

「我高中時名聲不太好聽，他和我班上幾個同學在同一間補習班上課，一群人聊起八卦，消息自然而然就傳出去了。他倒是不畏輿論，主動追求我，後來是我跟他提分手的，彭芷晨警告我要提防他，說他以爲我是另結新歡才一腳踹開他，很可能會挾怨報復。他還有繼續騷擾你嗎？」

「沒有，我封鎖他了。」

「你手機可以借我看一下嗎？我想看他說了些什麼。」

高偉杰找出程再沅的訊息頁面，很乾脆地把手機遞給我。程再沅洋洋灑灑寫了至少有三千多字，內容全是關於我的各種醜聞，部分是眞的，部分則是過度渲染，他力勸高偉杰千萬別被我騙了。

面對他的長篇大論，高偉杰卻只回了「喔」這個字，就沒有再理他了。

我捧腹大笑，「你好過分，人家寫得那麼認眞，你竟然只回了一個字。」

「他廢話太多，我實在懶得回。」

「照他的個性，你那樣句點他，他一定氣瘋了。」

我順手關掉訊息頁面，注意到高偉杰的手機桌布是一幅翻拍的裱框風景油畫照片。

那幅畫乍看十分普通，我不明白高偉杰爲何特地用這張畫當作手機桌布，直到我在那幅畫的玻璃倒影中，隱約看見一個朦朧的人影。

定睛一瞧，那是一張男生的側臉。

那個男生似乎站在這幅畫前面，也不知是碰巧還是有意爲之，在高偉杰按下快門時，男生與畫同時入鏡。當然，也有可能這張照片不是高偉杰拍的。

此時，忽然有人打電話給高偉杰，螢幕上的來電顯示讓我一愣。

又是那個名叫伍筱婷的女孩。

「高偉杰，電話。」我把手機還他。

高偉杰伸手接過，看了螢幕一眼，就把手機放到餐桌角落，並不打算接聽。

我沒問他手機桌布上的那個男生是誰，也沒問他爲什麼不接伍筱婷的電話，只是默默盛了一碗熱湯給他。

我相信有一天，高偉杰會願意主動告訴我。

吃完晚餐，我和高偉杰決定去貓空看夜景。等候高偉杰從停車場開車過來時，我向一旁的小攤販買了一盒紅豆麻糬，準備等會和他一起分食。

「妳還吃得下？剛剛是誰留了好幾片肉在盤子裡沒吃完？」

上車之後，高偉杰瞥見我手上的麻糬，忍不住調侃我。

「你不知道女人有第二個胃嗎？專門用來裝甜食的。」我拿起短叉，先餵高偉杰吃了一顆麻糬，接著自己也吃了一顆。

「妳還有爲沈怡倫做牛角麵包嗎？」他邊開車邊問。

「最近沒有。」

此時剛好紅燈，趁著高偉杰的車子在斑馬線前停下，我再次叉起一顆麻糬送到他嘴裡，同時注意到他嘴角沾上太白粉，便用指尖幫他抹掉。

然而我的手才剛要放下，卻在瞥見一幕畫面時定格住了。

身著制服、背著書包的藍旭，就站在行人專用的號誌燈旁，朝車裡的我們直直看了過來。

那一刻，我無法從藍旭的眼睛裡讀出他的想法，直到高偉杰將車子駛離，藍旭都沒有移動腳步，目光依舊追逐著我們，很快他的身影漸漸消失在城市的霓虹光影之中。

說不出是什麼原因，藍旭那雙澄澈的眼睛，以及他當時的神情在我腦海中揮之不去。

看見我和高偉杰親密互動，他心裡是怎麼想的？

又有什麼感覺？

Chapter 11

「姊姊，藍旭好像還在生我的氣，一直不肯理我，我該怎麼辦？」

收到石語婕的這條訊息，是我跟怡倫姊陷入冷戰後一個星期的事。怡倫姊從咖啡店奪門而出那天，楊騰順大概是察覺妻子情緒不對，隔天早上就打電話給我，但我沒有接；反觀藍旭明明應該也要有所覺，他卻始終沒有來問我，好似漠不關心。

我思索片刻，決定打電話給石語婕。

「妳跟他道歉了嗎？」

「有啊，我傳了好幾則訊息給他，他都已讀不回。」石語婕語帶委屈，「我不明白，他以前不會這樣。這次他爲什麼要生這麼大的氣？我眞的只是爲他好，單純想關心他，這難道有錯嗎？」

「妳會這麼說，表示妳沒有認眞反省過自己的行爲，難怪藍旭會不理妳。」

「什麼意思？」石語婕很錯愕。

「坦白說，妳根本不覺得自己有錯，就連我都感覺不到妳道歉的誠意，更何況是藍旭。冰凍三尺非一日之寒，他之所以生妳的氣，一定不光只是爲了這件事吧，我想妳自己心裡應該有數。」

石語婕一時語塞。

「要是妳還想繼續裝傻，那我也幫不上妳的忙，先這樣吧。」

說完，我便果斷地掛上電話。

和我一起坐在連鎖咖啡廳裡的彭芷晨，不知何時早已停下在筆電鍵盤上敲敲打打的手，正饒富興味地看著我。

「妳在開導什麼人？」

「一個女高中生，她找我商量感情上的煩惱。」

「跟妳商量感情煩惱？那豈不是等於跟鬼拿藥單？」彭芷晨調侃我。

「幹麼這樣？我很用心在開導她耶。」

「那個女生喜歡的男生叫藍旭？」彭芷晨耳朵很尖，把我剛剛說的話都聽進去了。

「嗯。」

「妳也對他有意思？」

我差點被果汁嗆到，「妳怎麼會這麼想？」

「從妳剛才說的話，可以感覺得到妳很爲那個男生著想。」

我微微一頓，想了一下才給出一個合理的解釋。

「是嗎？可能因爲那個男生一路走來很辛苦，過得很不容易，我才會下意識爲他多想一點吧。」

「他爲什麼一路走來很辛苦？」

我大致將藍旭和我的關係，以及他身上的故事簡單解釋一遍，彭芷晨眼中浮現一絲同情。

「的確不容易。」

「對吧？所以妳別想多了，他還只是個高中生而已。」

「高中生又如何？妳會介意？」彭芷晨此時看向我的眼神，像是眞心感到疑惑。

「也不是這樣啦。」

「妳之前說在接受治療前，有一件重要的事得去做，這件事跟這個男生有關？」

這個問題理應不難回答，我卻在忽然之間不確定答案了。

「沒有，跟他無關。」我僵硬答道，隨後略顯狼狽地拋下一句，「妳不是要趕報告嗎？我還是不要留在這裡吵妳好了，先走嘍。」

「嗯，拜拜。」

彭芷晨看著我的目光似有深意，卻不再多言，這讓我暗暗鬆了口氣。

下午四點，我坐在捷運車廂裡滑手機，心思卻又不知不覺飄到了藍旭身上，想著他那天在馬路邊看著我和高偉杰的眼神，以及他是如何看待我和怡倫姊之間的僵局。

但這些與我無關，我這麼告訴自己。

可是，如果石語婕又傳訊息向我求救呢？是不是去勸勸藍旭好了？畢竟他們年紀都比我小，身為姊姊，居中調解也是應該的。

我給自己找了個如此可笑的理由傳訊息給藍旭。

「石語婕說你一直不理她，她很難過。你也該消氣了吧？」

一分鐘後，藍旭讀取了訊息，卻沒有回覆。

我繼續傳訊息過去。

「你真的不打算原諒她？」

這次他讀取訊息的速度更快了，不過依然已讀不回。

等了五分鐘，我不死心，又寫了一則訊息給他。

「要不要去上次那間電影院？上次讓你看了一部爛片，有點過意不去，給我一個機會補償你？」

這次藍旭總算回我了。

「電影院見。」

✦

電影院門口人來人往，我四處張望，一下子就在人群裡找到藍旭。

他戴著灰色毛帽，背著沉重的後背包，正低頭看手機。

今天是假日，按照慣例，他應該會在外頭念書到晚上。

我走到他身邊，神態自若地跟他打招呼，「好久不見，怎麼有空跟我來看電影？你不是要讀書嗎？」

「既然妳都知道，那還約我來看電影？」他懶洋洋地掀起眼皮看了我一眼。

我被藍旭的話噎住了，一時有些尷尬。

幸好他接著輕描淡寫道：「我整個早上都泡在圖書館念書，現在休息一下也是應該的。妳說要補償我，這次片子就由我來挑，沒問題吧？」

「喔，好啊。」我自然一口答應。

他隨即走進電影院買票，他買的場次在十分鐘後開演，幾乎是剛拿到票，就差不多可以入場了。

進到影廳，找到位子坐下，我瞄了他一眼，開口說：「你就大人有大量，別再生石語婕的氣了。你們好歹一起長大，不要這麼絕情。」

「不干妳的事。」他面無表情，「關心我和她的事之前，妳要不要先處理妳和我媽的事？我以為比起那傢伙，妳更在意的是我媽。」

我又被藍旭的話噎住了，他這個人怎麼講話這麼一針見血啊。

「妳眞的跟我媽鬧翻了？」

「嗯。」

「跟楊叔叔有關係嗎？」

「是有一點關係。」我不意外藍旭會如此想，連忙補上一句，「但不是你想的那樣，你不用擔心。」

他停了一下才問：「妳沒打算跟我媽和好？」

「你希望我跟你媽和好嗎？我以為你巴不得我離你們一家人越遠越好。」我揶揄他。

藍旭抿著嘴唇，默不作聲。

「開玩笑的。老實說，要跟你媽媽和好恐怕不容易，我對她說了非常難聽的話，傷了她的心，她很可能不會想再見到我。倘若因此影響到你們家的氣氛，我很抱歉。」我嘆了一口氣，「話說回來，我還以為你會傳訊息問我為什麼和妳媽冷戰。」

藍旭目視前方，沉默了好一會才悶聲說：「妳讓我很焦躁，所以不想聯絡妳。」

「我讓你很焦躁？為什麼？」我一頭霧水，狐疑地盯著他嚴肅的側臉，心裡慢慢浮現一個猜測，「難道……是因為我親過你？」

藍旭沒有承認，耳根卻紅了。

「這個吻讓你一直在意到現在啊？」意外之餘，我忍不住笑了出來，覺得他實在太可愛。

「少囉唆，沒告妳性騷擾就不錯了，妳以為每個人都像妳一樣，把這種事當家常便飯，對誰都能做嗎？」他惡狠狠瞪我。

「喂，你怎麼能這樣說我？」

「不是嗎？妳都有男朋友了，怎麼可以隨便親別人？我都看到妳跟男朋友在一起了，妳別想狡辯。」

我愣住，下一秒又笑出來，「你是說跟我在車子裡的那個人吧？他只是我的好朋友，不是男朋友啦，我從來沒有親過他，我和他絕對不可能變成那種關係。」

也不知道藍旭是信還是不信，他硬生生別過頭去，連側臉都不留給我，「隨便，干我屁事。反正妳別再隨便招惹我，離我遠一點。」

「好嘛，對不起，我不該那麼做的。」我收起臉上的笑意，誠懇向他道歉，「很抱歉不經你同意就奪走你的初吻，讓你留下不愉快的回憶。但其實這真的不是多嚴重的事，等你以後經驗多了、習慣了，就不會那麼在意了，所以原諒我吧，好嗎？」

「妳說的是真的？」藍旭的語氣裡聽不出情緒。

「什麼？」

「只要習慣了，就不會那麼在意？」

我眨眨眼，點頭答腔：「對呀，等你將來有了女朋……」

話說到一半，影廳裡的燈光驟然暗下，一張臉驀地朝我貼近。

藍旭溫熱的雙唇從我的唇上離開後，他竟認真對我撂下一句，「妳最好別騙我。」

電影開始播映，藍旭重新看向銀幕，沒有再看我。

兩個小時過去，等到影廳的燈光再度亮起，我才終於回過神來，發現自己幾乎沒有印象電影演了什麼。

Chapter 12

跟怡倫姊決裂那一天，我不只一次思考過，爲什麼自己不直接將楊騰順的所作所爲全都告訴她，讓她看清枕邊人的眞面目？

雖然與翔翔的命喪火窟相比，楊騰順被千刀萬剮都還是輕了，不過倘若能讓楊騰順婚姻破裂、妻離子散，也還是一場小小的復仇吧。

況且楊騰順對自己做過的事全無悔意，他遭逢什麼樣的報應都是罪有應得，我甚至也做好了跟他玉石俱焚的準備，但爲何最後我沒能對怡倫姊全盤說出？

一開始，我以爲是自己對怡倫姊起了同情之心，這個女人一旦失去楊騰順這個依靠，就什麼都沒了，然而後來又覺得應該不只是這個原因。

直到那日，我和藍旭看完電影，兩人在電影院門口分開，我才恍然明白，或許彭芷晨說對了一件事，我似乎的確在不知不覺間，忍不住開始爲這個男孩著想。

也許在我的潛意識裡，除了並不眞的希望看見可憐又可悲的怡倫姊失去丈夫、家庭四分五裂，更不忍心因爲我的報復，間接影響到無辜的藍旭，導致他得離開那個暫時的家。

爲了得到這個棲身之處，藍旭必須藏起心事，隱忍寂寞和悲傷，屢次堆起並非發自內心的笑容，看著其他人的臉色過日子。只要我一對怡倫姊說破，就等於讓藍旭先前的苦心孤詣全數化爲烏有。

那天在電影院，藍旭主動吻了我，而我爲了這個吻神思恍惚許久，這一點都不像我。

那是我第一次意識到，可能早在我以半開玩笑的心態親吻了他之前，我其實就已經對這個堅強懂事的男孩產生了微妙的情感。

這是我始料未及的事。

居然在這種時候，我還能對某人產生這樣的感受。

「瑤瑤姊姊，妳怎麼了？」

石語婕清脆的話聲把我從飄遠的思緒拉回到現實，她看著我的眼睛裡有著明明白白的好奇。

此刻的我們，置身於市區一間裝潢走自然風的義式餐廳，以學生來說，這間餐廳的消費並不算便宜。石語婕表示想要答謝我這段日子耐心聽她訴說煩惱，有一些話想當面跟我聊，於是特意請我吃飯。

「沒事。」我搖搖頭，用叉子叉起義大利麵上的花椰菜，慢條斯理送進嘴裡，

「妳想跟我聊什麼?」

「就是……我認眞思考過姊姊妳上次說的話。」她抿抿唇，露出羞愧的表情，「妳說得很對，我的確是在裝傻，我認眞反省過了。」

「是嗎?那妳是怎麼想的?」

「我……一直很習慣藍旭在我身邊，當我發現藍旭變得跟我越來越疏遠，很多話都不再跟我說，我才驚覺有朝一日他可能眞的會離我而去。但我又不想承認自己和藍旭的關係早已有變，硬是繼續用從前的方式對待他，卻把他從我身邊推得更遠。」

石語婕能放下少女的自尊心，坦然說出這些話，令我頗爲意外。

我語帶肯定地說：「妳能意識到並且承認這一點，是好的開始。那麼，妳也想明白自己對藍旭究竟是怎麼想了嗎?」

聽懂我的意思，她的臉驀地紅了，眼圈也跟著紅了，晶瑩的淚珠在眼眶中打轉。最後她輕輕點了下頭。

「不是因爲不想讓藍旭離開，才假裝明白的吧?」

「不是，我是眞的想明白了!」她焦急否認，脫口而出，「我喜歡藍旭，是眞的!」

我不動聲色道：「那妳要告訴藍旭嗎?妳不是有男朋友了?打算怎麼辦?」

「其實……這就是我今天想跟姊姊說的另一件事。我鼓起勇氣跟男朋友提分手了，我們並不同校，升上高三後，本來就忙於準備考試，聚少離多，所以他很乾脆地答應了。」石語婕淚眼汪汪看著我，「如果我告訴藍旭，他有沒有可能因此留在臺灣？」

「比起這個問題，我更想知道，爲何妳非要他留下來？」我放下餐具，直白道：「就因爲妳喜歡他，他就得爲妳放棄原有的人生規畫？結果到頭來，妳還是只想到自己？」

她面紅耳赤，用力搖頭，哽咽開口：「不是這樣的，我只是沒有信心，很怕藍旭這一走，他就眞的會從我身邊走開了。」

「他有說他出了國就不會回來嗎？」

「沒有，我之前問他，他說至少會去四年……」

「那妳有什麼不能等他的理由嗎？不是再也不會回來，更不是天人永隔，妳未來還有很多機會可以再見到藍旭，爲何連這短短四年都忍耐不了？」

「四年一點都不短！四年可以讓我和藍旭恢復過往的親近，也可以讓我和藍旭從此變成陌生人，爲什麼姊姊不能理解我的心情？非要說得這麼刻薄？」情緒一上來，石語婕忍不住動了氣。

「我確實無法理解。」我面不改色地看著她泫然欲泣的臉龐，「如果我是妳，我會現在就去到藍旭身邊，把該對他說的話統統告訴他，然後在和他分開之前，把握擁有他的每一秒鐘，不會浪費時間坐在這裡煩惱。」

或許是出自女人的第六感，石語婕聽到我這番話，望向我的眼神有了一絲變化。過了大約一分鐘，她期期艾艾、不甚確定地開口：「姊姊，妳喜歡藍旭嗎？」

「不管我喜不喜歡他，答案對妳有任何影響嗎？」我沒有正面回答。

她似乎有些迷惑，不確定我是怎麼想的。

「如果姊姊並不是喜歡藍旭，那……姊姊會願意幫我追回藍旭嗎？」最後石語婕重新迎上我的目光，認真問出這句話。

「妳這樣說，好像我要是拒絕妳，就表示我喜歡藍旭。」我聽出她隱藏在字句中的曲折探詢，無動於衷道：「就算我不是喜歡藍旭，我也沒有義務一定要幫妳，所以別拿這一套試探我，這很幼稚。語婕，成熟一點吧，不是每個人都要讓著妳、幫著妳，世界更不是繞著妳轉動的。」

我話說得嚴厲，卻也讓石語婕終於不再逃避面對自身的問題，她擦掉臉上的淚痕，紅著臉向我道歉。

大概是覺得不好意思，她藉口有事提前離開，桌上的番茄鮮蝦義大利麵還剩下一大盤。離開之前，她倒是還記得先請服務生過來結帳。

看著她的身影步出餐廳，我陷入了沉思。

三分鐘後，我拿起手機打電話給她。

「語婕，我不想讓妳覺得我以大欺小，關於妳問的問題，我決定回答妳。」我對著話筒另一端緩緩道，「無論藍旭對我提出什麼要求，我都不會拒絕，這就是我的答案。」

說完，沒等對方回應，我就掛上了電話。

這天過後，石語婕沒有再聯繫我。

我作了個噩夢，在冷汗涔涔中猛地睜開了眼睛，茫然盯著虛空許久才回過神來。此時一陣劇烈的疼痛忽然襲來，後腦杓彷彿被人拿棍棒用力捶打，痛得我難以忍受，只好下床打開櫃子抽屜找止痛藥，看到空藥盒才想起最後一顆止痛藥昨天就吃完了。

現在是凌晨兩點半，早就過了藥局營業時間。我想過要找高偉杰幫忙，卻又不想讓他爲了這種事大老遠跑來，便打消了念頭，重新躺回床上。

疼痛讓我難以入睡，我拿起放在床頭的手機，不自覺點進與藍旭的對話視窗。

這時他一定早就睡了，我也不明白自己在想什麼，隨手傳了一張意義不明的貼圖給他。

沒想到過不到一分鐘，他竟然回了訊息。

「幹麼？」

我很詫異，問他：「你還沒睡？」

「妳不也一樣？」

也不知道自己是怎麼了，我竟老實告訴他：「半夜頭疼睡不著，家裡的止痛藥吃完了，打算等天亮再出門買。」

藍旭已讀不回。

我等了半晌，猜測他應該是去睡了，正覺無趣，隨即被他傳來的下一則訊息嚇得從床上驚跳起來。

「我在妳家樓下的電梯口，妳住幾樓？」

三分鐘後，我打開家門，見到藍旭淡漠的面容出現在門外，我忍不住眨了眨眼睛，仍覺得不可思議。

「你怎麼突然跑過來？」

「妳不是說止痛藥沒了？所以我拿家裡的過來給妳啊，不然妳要忍耐到天亮？」

他將手上的一盒止痛藥遞給我，「那我走了。」

見藍旭轉身就要離開，我連忙叫住他。

「等等！」

他回頭看我，眼中盛滿疑問。

「……可以請你幫我一個忙嗎？」

我請藍旭等我入睡後再回去，此時他坐在床邊的一把小椅子上，房間裡只點著一盞小夜燈，光線昏暗朦朧。

「妳是小孩子嗎？居然會怕作噩夢。」儘管嘴上抱怨，藍旭的語氣裡倒沒什麼譴責意味。

「誰說大人就不怕作噩夢？你就當日行一善。」

「知道了，妳快睡吧。」

然而我始終睡意全無，乾脆側轉過身子，目不轉睛看著藍旭低頭滑手機的模樣。

他冷不防打了一個噴嚏。

「藍旭，你會冷嗎？要不要我拿一條毛毯給你蓋著？」

「不用，我鼻子癢而已。妳怎麼還不睡？頭還會痛嗎？」

「吃了藥好多了，但就是有點睡不著。」我的目光在他臉上流連，「如果你願意過來陪我一起躺在床上，我應該很快就能睡著了。」

他微微一愣，扭頭看我，神情帶著一絲不悅。

「妳再胡說八道，我就要回去了。」

「我是說眞的，要是你能躺在我身邊，我會覺得很有安全感，也會比較好睡。」我話聲誠懇。

「我說過別再招惹我了吧？」

「你是說過，但後來你卻主動親了我，是你自己又來招惹我的。」

他一時語塞。

「我不是在跟你開玩笑，你就躺上床吧，只要一下子就好，我保證不會對你亂來。」

一陣靜默後，藍旭無奈地嘆了口氣，慢吞吞地起身來到床邊。

我立刻讓出半邊床位與半條被子給他，他卻只肯蓋著被子直挺挺地坐在床上，堅持不願躺下。

「多了一個人，果然被窩溫暖多了，這樣我很快就會想睡了。」我心滿意足道。

「那就拜託妳快睡，不要再廢話了。」他低聲催促，繼續滑手機。

我闔上眼睛，在黑暗中隱約嗅聞到藍旭身上的沐浴乳味道，還有淡淡的洗衣精香味。

「欸，乾脆你今晚睡在這裡如何？」

「別得寸進尺，我只能待一會，要是我媽醒來發現我不在家，妳要我怎麼解釋？」

「好吧。」我手指捏著被角，半晌再度出聲，「你媽媽有好一點了嗎？」

「擔心的話，妳不會自己問她？」

「我沒擔心呀，只是問問。」

「少來了，妳明明就很在乎我媽。」藍旭語調平平，「就算妳表面上裝作沒事，我還是能感覺到妳的情緒比平常低落。」

「才沒這回事。」我小聲咕噥。

「妳想繼續嘴硬隨便妳，但我可以回答妳的問題。託妳的福，我媽已經很多天沒能好好吃飯，人也變得沉默很多，比起憤怒，她更多的是傷心。」藍旭眼睛仍舊黏著手機螢幕不放，「前天晚上，她在楊叔叔入睡後，走過來敲我的房門，哭著向我道歉，說她沒對我盡過母親的責任，希望我能原諒她，給她機會彌補我。」

我的喉嚨又乾又澀，「然後呢？」

藍旭嘆了一口氣，「坦白說，雖然我沒有眞的怪過她，但也沒想過有一天能聽到她對我說這些話，畢竟即使一起生活，我也看得出她其實沒有勇氣眞正面對我。不過，就像妳之前說的，我確實也沒有打算和我媽培養感情，一心只想等到高中畢業出國念書之後，就與我媽再無瓜葛，這樣或許對彼此都是解脫。然而當她那樣哭著向我懺悔，我的想法就有些變了，既然她願意主動跨出那一步，那麼接下來的日子，我也想試著對她敞開心房。」

「眞了不起。」

「妳在諷刺我嗎？」

「怎麼會？我是眞心覺得你和你媽很了不起。」我半張臉埋在棉被裡低聲說。

這確實是我的肺腑之言。

藍旭低頭看了我一眼，「要是眞的覺得我們了不起，那妳要不要也試著坦然面對自己內心眞正的感受？我沒笨到察覺不出來，我媽是因爲跟妳吵架，才會有這種轉變。妳們吵架的原因應該跟我有關吧？既然我媽在爭吵之後有了改變，妳也放不下我媽這個朋友，那妳能不能主動對她釋出善意？就當作是幫幫我。」

我看著他的側臉，安靜良久。

「好啊。」

「眞的？」他像是不敢相信我這次這麼好說話。

「眞的，我說過，無論你對我有何要求，我都不會拒絕。」

藍旭又朝我看了過來，與我四目相交。

「你不好奇我是在什麼時候、以及又是對誰說過這句話？」

「我倒是不在乎那些，我只在乎這句話的眞實性。」

「是喔？但現在時間晚了，我不好馬上打電話向怡倫姊示好。不然，你再提一個要求，看看我會不會答應你？」

藍旭沒有作聲，看著我的眼神意味不明。

儘管沒有等到他開口，我還是頂著他的目光慢慢坐起身，整個人朝他貼了過去，再輕輕將唇覆上他的。

藍旭沒有推開我，只在我結束那個如蜻蜓點水般的吻時，微微擰起了眉。

「我沒提出這種要求吧？」

「但我從你的眼神看得出你想這麼做。」我說得很理所當然。

「鬼扯，是妳想這麼做吧？」

他嘴角彎起，露出一抹淺笑，那雙漂亮的澄淨眼眸在幽暗中微微閃動，像是星光閃爍。

「嗯，我承認我也想吻你，不過你眞沒這麼想？還是說，你已經習慣我的吻，所以不會去期待了？」

「也才兩次，哪有可能這麼快習慣？」他賞我一記白眼。

「那這次就換你主動了，我還挺喜歡你主動的。」我笑嘻嘻地對他說。

或許是拿我沒轍，也或許是藍旭的確想要吻我，他的唇很快落在我的唇上。

男孩的吻生澀而笨拙，卻比過去我經歷過的任何一個吻，都還要深深牽引著我的心。

感受到他身上溫熱的氣息，彷彿有什麼在我的內心裡逐漸發酵，讓我感到無比溫暖，也莫名鼻酸，有一點想哭。

和先前幾次的淺嘗輒止不同，我溫柔地用舌尖撬開他的唇，細心引導他，感覺到他開始想對我索求更多，我舉起雙手環抱住他的脖子，緊緊貼近他，讓他得以更深入地吻我。

也不知道是藍旭的控制力優於常人，還是因爲沒什麼經驗，因而格外緊張謹慎，即使處於這種意亂情迷的情況下，他在結束那個吻後就打住了，不再進行下一步，還板起面孔威脅我趕快睡覺，不然他就要回去了。

在他的陪伴下，我不記得自己何時睡了過去，只記得自己一夜無夢，睡得十分香甜。

在照進房間的一縷陽光下睜開眼睛，藍旭昨晚待的位置一片空盪，我有一瞬間以為自己在作夢，懷疑藍旭昨夜根本沒有來，直到看見桌上的止痛藥盒，我才確定這不是幻覺。

睡了一場安穩的好覺，我不再感到頭疼，整個人神清氣爽，不過，藍旭就沒有我這麼好命了。

中午的時候，我傳訊息給他，他說他睡眠不足，以身體不舒服為藉口，跑去學校保健室睡了一上午，我有些不好意思，為自己的任性向他道歉。

「道歉就免了，別忘記妳昨晚答應的事。」

「我答應什麼事了？我睡迷糊了，不太記得睡前聊了些什麼。」

「妳再說一次。」

「開玩笑的啦，我不會食言。不過我現在才想到，你不是作息很規律嗎？昨天怎麼那麼晚還沒睡？還是我傳過去的訊息吵醒你了？」

「妳想太多，不聊了，我要去買午餐，再見。」

藍旭不肯承認自己昨夜是被我傳過去的訊息吵醒，然而他的這個反應，讓我更加確定事實必然是如此。

我既感動又愧疚，卻也情不自禁露出微笑。

正當我準備下床盥洗、煮點東西吃時，手機又傳來訊息提示音。

我以為是藍旭，滿懷期待拿起手機一看，整個人頓時定住了。

是怡倫姊傳訊息過來。

Chapter 13

一個小時後，我久違地踏進怡倫姊的家。

她戴著我送給她的水鑽耳環。

似乎是想讓自己的氣色看起來好一點，怡倫姊上了點妝，卻還是遮掩不住黑眼圈，以及略微有些凹陷的臉頰。看得出來，怡倫姊這陣子過得不太好。

「瑤瑤，謝謝妳願意來。」怡倫姊淺淺一笑，示意我在餐桌旁邊坐下，餐桌上擺著一瓶未開瓶的紅葡萄酒，還有兩個高腳杯。

她動作熟練地使用開瓶器打開紅酒，並倒了兩杯酒，把其中一杯放到我的面前，杯子裡的酒液泛著瓦紅色澤。

注意到屋裡很安靜，我打破沉默，「光羽在房間裡睡覺嗎？」

「她在我婆婆家，我請我婆婆幫忙照顧她到晚上，騰順下班後會去接她回來。」怡倫姊溫聲對我說，「這瓶紅酒，是我昨天請騰順買回來的，我跟他說，今天我想找妳一起喝。那天之後，騰順有找妳對吧？希望沒有給妳帶來困擾。」

沒想到竟會是怡倫姊主動聯繫我，而且她還讓楊騰順幫她買了紅酒，這兩件事都令我感到意外。

「坦白說，瑤瑤妳那天對我說的那些話，將我從天堂打落到地獄裡。」怡倫姊盯著杯裡的酒液，「我沒有想到，原來妳一直是這樣看我的，我感到痛不欲生，一度覺得自己被妳背叛。但後來我就想，爲什麼妳要對我說那些話？我反覆思考過無數回，那些話雖然殘酷，背後隱含的其實是對我的關心。我應該……沒有解讀錯誤吧？」

我沒有回答。

「妳問我，我會希望光羽長大以後像我這樣活著嗎？這句話最令我痛苦，卻也給了我當頭棒喝。那天妳對我的指責都是對的，我總是認爲自己不夠好，所以不值得被誰溫柔對待，更不值得被愛，時間一久，我甚至也怯懦地安於現狀，沒想著去讓自己變得更好。

「可是，妳讓我意識到，現在的我，是兩個孩子的母親，我不能再繼續這樣下去。對藍旭來說，我早就是全天下最失格的媽媽了，結果連在光羽面前，我竟然也一直如此懦弱沒用，我羞愧極了。倘若不是妳，我不會想到自己的生存方式，有可能會影響光羽一生，就像我爸媽從前對我的否定，至今仍深深影響著我。」

怡倫姊眼眶漸漸濕潤，語帶哽咽，「我絕對不能讓光羽將來變得和我一樣，老是不敢肯定自己。今天早上出門前，光羽看見我戴妳送的耳環，說她也想戴，我問她喜不喜歡媽媽戴耳環？她說喜歡，那個時候，我眞的很慶幸自己還來得及做出改變。除此之外，我也希望能從現在起，爲自己和藍旭之間的關係付出更多努力，所以我向藍旭道歉，請他給我機會，讓我爲他多盡一些母親的責任。」

說著說著，她不由得潸然淚下，下一秒立刻抬手抹去，強自露出微笑。不得不承認，此刻的她看起來比過去任何時候都還要光彩照人。

「很抱歉，妳一定很看不慣這樣窩囊的我吧，所以才會忍無可忍，說出那些話來打醒我。我眞的對妳很過意不去，希望妳能接受我的道歉。還有，那天妳說，再怎麼完美的人，都會有醜陋面，包括騰順也是如此。這點我是認同的，但人非聖賢，孰能無過，騰順都能大方接受藍旭了，身爲夫妻，我也會接納他可能會有的其他面向，無論那些面向有多麼不堪。」

見我遲遲沒有反應，怡倫姊顯得侷促不安，眼神也流露出哀傷，「瑤瑤，妳還是……不願意跟我和好嗎？」

我闔上雙眼，思索了一會，再睜開眼睛時，默默朝她舉起了酒杯。

怡倫姊過了幾秒才反應過來，連忙舉起自己的杯子和我碰杯。

兩隻杯子在空中碰撞，發出一記脆響，我和怡倫姊相視而笑，各自喝了一口酒。

我問她：「妳婆婆看到妳戴上耳環，有說什麼嗎？」

「她說我這樣很不好看，但光羽馬上跳出來反駁，說我戴耳環看起來就像是公主，非常漂亮。」怡倫姊的笑容裡隱含一絲感動。

「妳請楊大哥幫妳買紅酒，他不驚訝？」

「騰順是很驚訝啊，他很意外我會喝酒，但這也是我請他幫忙買酒的目的，我就是想讓他知道這件事。不過他沒說什麼，倒是很高興，也很希望我能早點跟妳和好。和妳冷戰這陣子，我雖然努力想讓自己表現得和平常沒兩樣，但顯然是失敗了，騰順和藍旭都察覺到我心情低落，連光羽都問我，爲什麼妳不來家裡了。瑤瑤，生活中少了妳，讓我覺得很寂寞。」

「我也是。」我誠懇地看著她，「對不起，那天我說得太過分了。」

「沒關係，我已經不介意了。」怡倫姊笑了，眼睛彎起的模樣十分美麗，「不過瑤瑤……以後妳大可以坦白告訴我妳的想法，不用太顧慮我，有些時候旁觀者清，的確需要旁人一語驚醒夢中人。還有，我們是朋友，如果妳有什麼煩惱，也隨時可以跟我說，讓我爲妳分憂解勞，好嗎？」

「好。」

冰釋前嫌後，我和怡倫姊有說有笑，一同喝光了那瓶紅酒。

那天晚上，接回光羽的楊騰順，跟藍旭差不多同時回到家。

看見我從廚房走出來，把怡倫姊煮好的一鍋湯端到餐桌上，楊騰順表情又驚又喜，光羽也開心地撲到我的懷裡。

怡倫姊留我和他們全家一起吃晚飯，我沒有拒絕。

大概是和我言歸於好，卸下心中的重擔，怡倫姊在餐桌上言笑晏晏，食欲也不錯，一整碗飯都吃完了。

見狀，楊騰順似乎鬆了一口氣。

用完餐後，趁著怡倫姊在廚房切水果，藍旭也在廚房清洗碗盤，我主動對楊騰順說：「抱歉，楊大哥，一直沒接你的電話。」

「沒關係，雖然我還是不知道妳們怎麼了，但妳和怡倫能夠和好，我就放心了。」他壓低音量，滿臉堆笑，「這陣子我真的很擔心妳會不會再也不理我們了。」

「你擔心的只有這件事嗎？」我瞥了他一眼，意有所指。

聽出我的言下之意，楊騰順眼中閃過一絲怔忡。

朝廚房的方向望了一眼，他收起笑容，神情肅然，「瑤瑤，雖然我確實有些在意那個人，但對我來說，怡倫終究還是最重要的。」

「既然楊大哥都這麼說了，我當然相信你。」

此時，怡倫姊端著一盤切好的水果從廚房走出來，我和楊騰順有默契地揭過這個話題。

吃過飯後水果，我思忖差不多該回家了，於是去了一趟洗手間，拿出手機傳了一則訊息。

離開怡倫姊家之後，我沒有直接回去，而是站在樓下的某個僻靜角落等待。

十五分鐘後，藍旭朝我走了過來。

「怎麼突然把我叫出來？」

「想單獨跟你說說話呀。」我微微勾起唇，「我今天做得很好吧？」

「還可以。」藍旭也笑了，「幹麼？希望我讚美妳？」

「嗯，你能獎勵我嗎？」

「怎麼個獎勵法？」

我撲進他的懷裡抱住他，閉起眼睛小聲說：「像這樣抱抱我，然後摸摸我的頭說：妳做得很好，辛苦了。」

「什麼啊？」

「拜託，就對我這麼說好嗎？」

他過了好半晌才開口：「妳怎麼了？面對我媽，需要讓妳耗費這麼多心神嗎？」

等不到我的回答，藍旭最後嘆了口氣，一手緊緊抱住我，一手撫摸我的頭髮，在我耳邊說：「妳做得很好，辛苦了。」

我感覺自己情緒激盪，眼眶發熱，強自忍住了淚意。

過了幾分鐘，我從藍旭的懷裡退開一步，笑咪咪道：「怎麼辦？我不想讓你回去。」

「沒事就早點回家吧。」發現我的情緒似乎已經恢復正常，他放開了我。

「喂，你都不會想跟我單獨相處呀？」

「我跟我媽說我去超商買東西，不能太晚回去啦。」

「你沒有回答我的問題。」我沒打算放過他。

他一陣語塞，臉頰微微泛紅，看見我眼中狡黠的笑意，羞惱之下，竟抬手心蒙住我的雙眼，「妳看什麼看？」

「唉喲，你幹麼遮住我的眼睛？」

我邊掙扎邊抗議，下一秒嘴巴就被兩片溫熱濕潤的唇堵住。

這次藍旭主動用舌頭撬開我的唇，舌尖交纏，吻得難分難捨。

好不容易一吻結束，我竟覺得有些氣喘吁吁，暗想這傢伙吻技進步神速啊。

「這兩個禮拜，我們不要見面，妳也不要傳LINE給我。」藍旭突然這麼說。

「爲什麼？」我大驚。

「沒爲什麼，反正就是這樣。」

「什麼就是這樣？你這麼快就不喜歡我了？」

「妳到底在想什麼啊！」他氣急敗壞道，「跟妳見面或傳訊息，會害我沒辦法專心念書啦，非要我講出來嗎？昨天晚上我可是用盡全力才得以踩煞車，妳不要再考驗我的自制力，一切等我考完學測再說！」

「喔。」

明白他的意思後，我放下心來，臉頰竟也略微升溫，「我知道了，我會耐心等你的。不過你眞厲害，才一個晚上，你接吻的技術就大幅提升，看來你很有天分。」

「妳再說，寒假也不用見面了。」藍旭紅著臉撂下狠話。

「好啦好啦，不鬧你了，你好好加油。等你考完學測，我也會好好獎勵你，你想要什麼，我都答應你。」

聞言，他的眼神驀地轉爲深沉，牢牢盯著我不放，像是鷹隼盯緊了獵物，「這是當然的，說不會拒絕我任何要求的人可是妳。下次見面的時候，妳最好別耍賴，不然我不會放過妳。」說完，藍旭摸摸我的頭便轉身離開。

我呆站在原地，心臟在胸腔裡猛烈地跳動。

Chapter 14

過了幾天，怡倫姊約我去上次那間咖啡店喝咖啡。

「藍旭考完學測隔天，正好是他的生日，我和騰順晚上想帶他出去吃飯慶祝，我問過藍旭的意思，他同意了。瑤瑤，如果妳有空，要不要跟我們一起去？」

「藍旭的生日嗎？」

我默默將怡倫姊說的那個日子記在心裡，「要是藍旭不介意，我當然沒問題。可是，這是你們的家庭聚會，我去好嗎？」

「妳怎麼這麼說？我們都非常歡迎妳，人多也比較熱鬧，妳千萬不要跟我們客氣，一定要來喔。」

怡倫姊見我答應出席，喜悅之情溢於言表，眼眶微微發紅。

「至今我還是沒什麼真實感，我居然可以陪藍旭一起度過他的十八歲生日，感覺就像在作夢一樣。我始終記得自己生下他的那一天，也會在他生日那天想起他，想不到今年我不僅可以當面對那孩子說聲生日快樂，之後還可以跟他一起圍爐吃年夜飯。今後他每一年生日，我都想爲他慶生，彌補我過去的缺席，希望一切不會太遲。」

「只要妳願意開始，就不會太晚。」我真誠地鼓勵她。

「謝謝。對了，說到圍爐，過年那段期間，瑤瑤妳也會回家吧？從妳搬過來到現在，妳父母有來看過妳嗎？」

「沒有，我家離這裡有點遠，平常都是我回去看他們。」我反應很快，找了個理由搪塞過去，「今年過年，我爸媽和親戚打算去離島玩，但我不怎麼想跟，親戚都知道我休學，到時候一定會追著我問東問西，想到就煩。」

「原來是這樣，那除夕妳不就要一個人過？」

「我已經跟幾個同樣不回家過年的朋友約好吃飯了。」深怕怡倫姊會邀我與他們全家共度除夕，我馬上編出另一個謊言。

「那就好。」

怡倫姊放下心來，坐在她身旁的光羽，吵著想再喝一杯果汁。

見桌上的餐點吃得差不多，我主動對怡倫姊說：「我去幫光羽買果汁，順便再點兩塊蛋糕。」

「好，那妳把我的會員卡帶去，可以打折。」怡倫姊從皮夾裡抽出一張綠色卡片。

拿著那張會員卡到櫃檯點完餐，在等候取餐時，我忽然感覺到好像有人在看我，只是當我環顧四周，卻沒發現異狀。

店員很快就叫到我的號碼，我連忙過去取餐，端著餐點回到座位，繼續和怡倫姊母女愉快地吃吃喝喝。

✦

藍旭考完學測的那一天，我算準了時間，在下午五點半傳訊息給他。

「恭喜考完了，還順利嗎？」

「馬馬虎虎吧。」

「你這樣說應該就是很順利，辛苦了，現在在家嗎？」

「沒有，跟幾個同學在外面，吃完晚飯才回家。」

「唉，我還以為你一考完就會過來找我。」

「急什麼？不是明天就要見面？我媽說妳也會來幫我慶生。」

不知道為什麼，我總覺得藍旭是笑著打出這段話。

想起他的笑臉，我感覺胸口一緊，有些難以呼吸。

好想見他。

好希望現在就可以觸摸到他。

「那不一樣，我可是忍住想見你的衝動，乖乖等了你兩個星期，明天光只有晚餐時間能見面怎麼夠？而且還有其他人在場，要是你能來我家睡一晚就好了。」

「妳眞的越來越口無遮攔了。」

看著藍旭傳來的最後一則訊息，我彷彿能見到他無奈的表情，忍不住笑了出來。

最後我還是在隔天才見到藍旭。

我和怡倫姊一家人一同搭楊騰順的車前往餐廳，度過了美好和樂的晚餐時光。

就連光羽都爲藍旭準備了一份禮物，那是她平時最喜歡的一隻布偶，藍旭笑著收下。在怡倫姊和楊騰順的慫恿下，光羽還親了一下藍旭的臉頰，作爲生日祝福。

吃完生日蛋糕，我用手機幫他們四個人拍了一張合照，照片裡的每個人都露出了由衷的笑容，包括藍旭。

看著這張瀰漫著幸福氛圍的照片，我忽然感到一陣暈眩。

無法移開目光，卻也難以繼續直視。

一行人走出餐廳，背著包包的藍旭，沒有跟在我和光羽後面上車，而是走到副駕駛座的車窗前，俯身對車內的怡倫姊和楊騰順說：「媽、叔叔，那我走了。」

「好，路上小心，玩得愉快。」怡倫姊溫柔地囑咐他，楊騰順也微笑向他道別。

望著藍旭遠去的背影，我愣愣問道：「藍旭要去哪裡？」

「藍旭有個交情不錯的小學同學，約他去家裡住一晚，說是要慶祝考完學測，順便幫藍旭慶生，兩個男生大概是想徹夜打電動吧。」怡倫姊解釋。

「原來是這樣。」我勉強勾起唇角，手裡握著沒有動靜的手機，視線落向車窗外。

藍旭沒有捎來任何訊息。

回到家後，我打開燈，有些沒勁地側臥在沙發上，心裡五味雜陳，除了埋怨，也有慶幸。

我埋怨命運對我開了一個大玩笑，讓我都到了這種時候，還能經歷這種患得患失的心情。

然而此刻我卻也因爲這種心情，腦袋一下子清醒了許多。

我不禁感謝藍旭帶給我的失望。

這麼一想，我也稍稍打起了精神，正準備去盥洗，不料卻忽然聽見門鈴聲響起。

這麼晚了誰會來找我？高偉杰嗎？但如果是他，他多半會提前傳訊息通知。

我帶著疑惑起身前去開門。

看見出現在門外的那張面孔，我瞬間宛若石化。

「發什麼呆？快點讓我進去啊。」

看著動也不動的我，藍旭出聲催促。

我退開一步，讓他進到屋裡，他逕自將背包和脫下的外套整齊地放在沙發上。

「東西放在這裡可以吧？有溫開水嗎？我有點渴。」沒能得到我的回應，藍旭轉過頭來，從我呆若木雞的表情，一下子就猜中了我的心思，他似笑非笑道：「妳以爲我去找朋友吧？那是我騙我媽的，要來妳這裡住一晚，我總得編個合情合理的理由。沒有事先跟妳說，是想給妳一個驚喜。」

我遲疑地開口：「你……要在我這裡住一晚？」

「不然呢？妳不是希望我今晚住在妳家？」他不悅地擰起眉頭，「妳該不會只是隨便說說吧？」

「當然不是。」

「不是就好，要是妳敢耍我，我眞的會翻臉。」接著他又問了一次：「妳這裡沒有開水嗎？」

我移動步伐，從櫃子裡取出快煮壺燒水，水開之後，混合了半杯冷開水遞給他。

藍旭接過杯子時，無意間碰到我的手指，他低呼：「妳的手怎麼涼成這樣？」下一秒，他表情怔忡，盯著我的臉問：「妳怎麼了？」

我後知後覺發現自己臉上竟掛著淚水。

「沒事。」我匆匆抹掉眼淚，平常腦筋動得很快、謊話張口即來的我，這次竟想不出該用什麼理由搪塞過去。

「妳該不會是以爲我要去找朋友，覺得我沒把妳放在心上，感到很失望，然後看到我來了，喜出望外，情緒在短時間內大起大落，所以才哭吧？」藍旭敏銳地猜出了箇中原因。

「我不知道啦。」

這是我第一次如此狼狽，淚水怎麼都止不住，最後只能低頭掩面，任由胸口那片洶湧的情緒將我吞沒，哭得像個孩子。

「別哭了，對不起啦。」

藍旭用前所未有的溫柔嗓音安撫我，替我擦掉眼淚。

我吸了吸鼻子，努力想要平復情緒。

他像是挺高興看見我爲了他哭，澄淨的眼睛裡有著濃濃的笑意，「原來妳也會這樣哭啊？」

「笑什麼啦？眞正在耍弄人的根本是你吧？好像只有我在期待這一天一樣。」我忍不住抱怨。

「妳想太多了，我比妳還期待好嗎？妳不知道我爲了這一天忍了多久。」

藍旭莞爾說完，低頭吻向我被淚水沾濕的唇。

Chapter 15

我不曾知道，夜晚可以如同隔世般那樣漫長，也可以如流星劃過般那樣短暫。

在黑暗中感受藍旭挺進我體內的熱度，以及落在我每一吋肌膚上的吻，耳邊只聽得見自己的心跳聲，和情不自禁從嘴裡逸出的呻吟。

藍旭身體的溫度令我腦袋昏沉，卻始終沒能減少我擁住他的力道，我分不清此刻究竟是藍旭的吻令我陷入瘋狂，還是我的心自行陷落。

我步步帶領，等到藍旭逐漸熟悉，我也被他徹底攻陷，無法自拔地沉淪在情慾裡，希望時間能夠就此靜止，不再繼續向前。

和藍旭的這場性愛，讓我決定暫時忘記那些不該忘記的事，專心沉浸在被他擁抱的溫暖裡。最後我們精疲力盡，身體緊貼著彼此，一下子就進入了夢鄉。

再睜開眼睛時，我有些恍惚，床上只剩下我一個人，側頭看見藍旭的後腦杓，他坐在床邊的地上，正在滑手機。

藍旭已經換了件衣服，頭髮濕濕的，身上有著跟我一樣的沐浴乳香味。

像是察覺到我的凝視，他忽然轉過頭，與我四目相對。

他納悶問道：「妳什麼時候醒的？怎麼不吭聲？現在才剛八點而已，看妳還在睡，我就先去洗澡了。妳早餐想吃什麼？」

我沒有回答，從背後緊緊抱住他，貪婪地感受他的氣味，嘴唇在他的頸部游移，惡作劇地小小咬了他一口。

「喂，很痛耶。」他抱怨。

「你在我胸部上留下吻痕和齒痕，我都沒喊痛了，就讓我咬一口有什麼關係？」

發現他耳根微微泛紅，我起了玩心，故意挑逗他，「能不能再讓我咬幾口？」

「不要，我不想再洗一次澡。」他紅著臉說完，立刻坐遠了些，跟我保持距離。

「小氣。」

我笑嘻嘻地放過他，跟著去洗澡。

等我從浴室出來，餐桌上已經放著兩人份的雞蛋鮪魚三明治，雖然簡單，但看起來很好吃。

「我餓了，就用妳冰箱裡的食材做了早餐。」

藍旭一邊說，一邊端著兩杯冰牛奶走過來。

我坐到餐桌前，拿起三明治吃下一口，竟然很美味。

「好吃耶，你常常自己做早餐嗎？」

「對啊，我跟我爸生活的時候，常自己做吃的。」

「那石語婕怎麼會說你照顧不好自己？很多事都要靠她和你父親幫忙？」

「那是小時候的事好嗎？誰長大了還會那樣？」他翻了個白眼，蹙眉嘀咕，「她幹麼一直跟妳亂講話？」

「你就對她態度好一點吧，她也是害怕失去你。只要你好好跟她說，她會懂的。」

藍旭沒有說話，無奈地嘆了一口氣。

「你一個人到國外生活眞的沒問題？」

「可以啦，有個認識的叔叔就住在我最想申請的那所學校附近，他是我爸的好朋友，要是眞碰上什麼狀況，他會幫我。」

「那就好。」

喝了一口冰牛奶，我輕輕放下杯子，凝視著他的眼睛，「我有話跟你說。」

「什麼話？」

「現在跟你說這種話，你可能會不高興，但這很重要，所以還是要跟你說清楚才行。」我輕聲問他：「你認爲自己在跟我談戀愛嗎？」

一開始他以爲我是在開玩笑，還有點不耐煩，要我別逗他了。我沒有作聲，只是靜靜地看著他。他從我的態度知道我是認眞的，因此表情也變得嚴肅起來。

「妳不會告訴我，一切是我一廂情願吧？」他反問。

「當然不是，我對你是認眞的。」我搖頭澄清，「只是如果你也有同樣的想法，那就表示我們在一起的時間，只剩下你出國前的這幾個月。可能你會認爲，你離開後，我們的關係還能繼續，但我不這麼想，我不談遠距離戀愛的。」

藍旭安靜了很久，沉聲問：「所以妳希望我留下來？」

「不，我比誰都希望，你能自由地去追求想要的生活，只是我也有我的原則。當然，如今才這麼說，你一定覺得我很自私，不過我實在無法控制自己對你的感情，所以你就原諒我吧。要是你願意繼續，我們就珍惜接下來這幾個月，好好在一起；要是你不願意，我們今天就可以結束這段關係。你考慮好再回答我，不管你怎麼決定，我都接受。」我話聲溫柔而堅定。

後來藍旭並沒有生氣，卻也沒再說一句話，吃完早餐，他就背上行囊離開，沒有多做停留。

那一天，我什麼也無法做，只能動也不動地躺在床上。

直至夜幕低垂，我都沒有收到藍旭的回音。

兩天後，再次和怡倫姊到她慣去的那間咖啡廳喝下午茶，我若無其事向她問起藍旭，得知他在家人面前表現如常，今天還跟同學出去打籃球。

我感覺到一股像是從櫃檯投來的視線，不禁抬眼看了過去，只見那裡站著一群排隊點餐、取餐的客人，沒有人在看我。

「瑤瑤，妳怎麼了？」怡倫姊注意到我的動作。

「不知道爲什麼，總感覺有人在看我。」

我想起上次跟怡倫姊來這間咖啡廳時，也感覺到了類似的視線。

聞言，怡倫姊環顧四周，莞爾一笑，「一定是瑤瑤妳太漂亮了，才有人偷偷盯著妳看。」

「什麼啦？」我失笑。

「我說眞的，像妳這樣的女孩，有人喜歡一點都不奇怪，一定很多人在追妳吧？」

「沒這回事。」

「怎麼可能呢？那妳現在有喜歡的人嗎？」

面對怡倫姊那雙好奇的眼睛，我沉默不語，最後輕輕點了下頭。

她愣住了，連忙放下手中的咖啡杯，表情驚喜，「眞的？妳有喜歡的人了？你們是怎麼認識的？」

「我是先認識他的家人，後來才漸漸跟他變熟。」我如實回答。

「原來是這樣，那麼對方喜歡妳嗎？」

「嗯。」

怡倫姊並未察覺這般描述與我和藍旭的認識過程相符，她笑得合不攏嘴，顯然打從心底為我感到開心。

「眞是太好了，不過妳交了男朋友，怎麼不告訴我呢？我以為這種事妳會主動跟我說。」

「我們是最近才在一起的，他住在別的城市，我們不常見面，都是靠視訊聯繫。」我不得不選擇說謊。

「這樣呀？妳手邊有沒有妳男朋友的照片？我很想看看是誰這麼幸運，可以追到妳這麼好的女孩子。」她打趣道。

「他平時不太喜歡拍照，等下次和他見面，我再想辦法跟他合照。」我又編出了另一個謊言，說謊就是這樣，得要用源源不斷的新謊言去圓最初始的那個謊言。「怡倫姊能幫我保密嗎？這種事我不喜歡讓太多人知道。」

「好，我不會說出去的。」怡倫姊體貼地應允，語帶欣慰，「之前妳說妳覺得自己沒機會再談戀愛，那時我還真的有點替妳擔心，想說妳年紀輕輕怎麼這麼悲觀。」

「嗯，因為怡倫姊，我才會改變想法。」

「因為我？怎麼說？」她滿臉不解。

「當時妳不是以過來人的角度勸我嗎？」我語出眞誠，「我是眞的覺得，如果沒遇見怡倫姊，我不會擁有這種幸福，所以我很感謝妳。」

怡倫姊有些訝異，隨即笑了出來，眼睛瞇成了月牙。

日子很快來到了除夕那天。

高偉杰晚上打電話給我，得知楊騰順春節會帶家人到墾丁遊玩，初四才返回臺北，隔天大年初一早上，他開車出現在我家樓下，不由分說就要載我去九份走走。

「妳眞的不回家看一看？」

前往九份的路上，他開口問我。

「就算我回家，我爸媽應該也不會高興。我私下拜託住在我家對門的鄰居，要是我爸媽有什麼事，再請她知會我。」說完，我看向高偉杰，「其實你不用顧慮我，比起陪我，我更希望你能在這種節慶假日多陪嬿嬿。」

「這兩天我爸在臺中有個行程，帶了嬿嬿一起去，昨晚我也有帶她出去吃年夜飯，不會讓她孤單，妳放心吧。」他輕描淡寫道。

我聽出了弦外之音，「那你其他家人在哪裡吃年夜飯？」

「自從我媽爲了養病搬出家裡，我爸每年除夕都會帶我哥去跟我媽圍爐。我哥出國之後，就只有我爸一人去了。」高偉杰邊說邊看了我一眼，許是見我臉上表情不對，他又補上幾句，「我已經很多年沒跟我媽吃年夜飯，嫣嫣更是從來沒有和我媽同桌過。我媽的狀況時好時壞，爲了不刺激到她，我和嫣嫣幾乎不會出現在我媽眼前。我們早就不覺得這有什麼，所以妳也別在意。」

我的舌尖嘗到了一絲苦澀。

「嫣嫣知道背後的原因嗎？」

「她知道，嫣嫣是個敏感心細的女孩，自然察覺得到我媽對她的厭惡，但她並不清楚我媽爲何連我都不願見。嫣嫣跟我感情很好，要是她知道我媽不待見我的原因，一定會陷入自責，所以我打算永遠瞞著她，我爸也有同樣的想法。」

「那你哥呢？」

「我哥也是。嫣嫣和我哥並不親近，我哥會跟嫣嫣保持距離，若非必要，平常幾乎不會接觸。」趁著紅燈，高偉杰將車上的暖氣開強一點。

「爲什麼？」

「在我媽把我視爲背叛者後，我媽便將所有的寄託放在我哥身上。對我媽而言，我哥是她最後能信任的人，如果連我哥都不站在她那邊，她會崩潰的。所以我和我哥達成共識，我維護爸爸，他維護媽媽，對內對外都是這樣的態度。而嬿嬿完全不曉得內情，她以爲我哥是因爲她的私生女身分，才會對她如此疏離。」

「……你哥會不會本來就討厭嬿嬿啊？」我有些遲疑地問出了口。

即便高海珹討厭嬿嬿，我也不會怪他。

換作是我，我也沒辦法保證自己不會對嬿嬿心生恨意。

高偉杰沉吟片刻，目視前方，「坦白說，我不知道。即使身爲他的弟弟，我也從來都看不透我哥眞正的心思。我先前跟妳提過，『馨玫』這個名字，是我哥爲嬿嬿取的，我哥很喜歡康乃馨和玫瑰，如果他討厭嬿嬿，不可能會這麼做。雖然我哥無法溫柔對待嬿嬿，但我希望妳能相信，我哥這些舉動是爲了守護嬿嬿。我哥肩上所背負的重擔，以及爲了家庭不得不選擇放棄的事物，遠比我還要多得多。」

我望著車窗外流動的景色出神，十年未見，高海珹的面容早已在記憶中變得模糊，然而當初他那超乎同齡人的成熟冷靜，在我心底留下了深刻的印象。

「那你呢？你沒有對這一切感到憤怒，或是怨恨嗎？」

高偉杰坦然吐露心聲，「確實是有過，畢竟當時我年紀也還小，很難接受我媽從此視我如路人。嫣嫣正式搬進我家那年，我媽的精神狀態每況愈下，她娘家的人氣不過，便把嫣嫣的存在洩漏給八卦雜誌記者，這件事就鬧上了新聞。坦白說，一開始爲了顧及我媽的感受，即便同住在一個屋簷下，我也不會跟嫣嫣打交道，我以爲我這麼做，看在我媽眼裡，她或許會覺得我還是向著她的。然而我媽卻依然故我，且在一年後搬離家裡，那時我才終於明白，我媽這輩子是不會原諒我了。」

「事到如今，我不會再爲過去的所作所爲感到後悔，我很高興能有嫣嫣這個妹妹。所以妳也一樣，別對我們感到愧疚，好好過以後的生活吧，我衷心希望妳跟嫣嫣都能得到幸福。」

即使高偉杰沒有明說，我卻還是聽出來了，他希望我能放下楊騰順的事。

淚水刺痛了我的眼睛，我再次將目光轉到車窗外，久久沒再出聲。

✦

在餐廳裡，聽到我還是不打算告訴高偉杰自己罹癌一事，彭芷晨放下筷子，看了我好幾眼。

「妳確定？」

「確定。」

「妳怕他難過？」

「嗯，我已經讓他承受了很多痛苦的事，要是他知道我得了癌症，他一定很不好受，我不想看他痛苦。」我夾起燙青菜放進嘴裡。

「他到了『最後』才知道，就不會痛苦？」彭芷晨語帶質疑。

「他連到了『最後』都不會知道。在那之前，我就會從他的生活中離開，並且不讓他起疑。」看著彭芷晨不認同的神情，我心中湧現歉意，「跟妳說這些，妳心裡也會不舒服吧？但我很高興我能有傾訴這些事的對象。我怎樣也沒想到會跟妳成爲親近的朋友，感覺和妳相見恨晚。」

「那也未必，要不是因爲妳生病了，還甩掉程再沉，我應該不會產生想接近妳的念頭。」

「妳也太老實了，都不怕我傷心嗎？」

「少來了。」彭芷晨白我一眼，用湯匙撈起碗裡的滷蛋，「妳現在身體狀況怎麼樣？」

「還可以。」

我模稜兩可的回應，顯然讓她很不滿意，她微微蹙眉，「還可以是什麼意思？醫生怎麼說？如果能及早治療，康復的機率不是比較高嗎？」

感覺到彭芷晨是真的在替我焦急，我不再跟她打太極，據實以告，「是呀，照理說是這樣，但醫生把我找去時，很坦白地告訴我，依我目前的情況，要痊癒是不太可能了，他建議我有想做的事就盡量去做。我很感激他把話講得這麼直白，不然就這樣在醫院裡度過餘生，我會覺得自己這輩子白活了。」

彭芷晨安靜下來，不久嘟囔了句，「真後悔。」

「後悔什麼？」

「後悔當初幹麼跑去找妳搭話。我現在被妳搞得一點食欲都沒有了。」說完，她氣呼呼地把還剩一半的麵推到旁邊。

「別這麼說嘛，我倒是很高興妳來找我搭話。我是真心把妳當朋友，所以想再對妳坦承一件事。」

「什麼事？」

「之前妳問我是不是喜歡那個叫藍旭的高中生？妳說對了，我確實喜歡他。」

彭芷晨反應平靜，彷彿一點都不意外，「那他也喜歡妳嗎？」

「嗯，但他高中畢業後要出國讀書至少四年，我跟他說，我沒辦法接受遠距離戀愛，也不會有耐心等他回來，看他要選擇把握最後相處的時光交往，還是長痛不如短痛，索性提前一刀兩斷。」

「他怎麼選擇？」

「他還沒有給出答覆，但我想這就是他的答案了，這也沒辦法，是我先招惹他的，卻在他喜歡上我之後，又說出這種話，也難怪他會生氣。」我輕嘆了一口氣。

「妳會這麼說，也是爲了不讓他發現妳生病吧？」

「當然，我寧可他恨我，也不要他知道這件事。我不想讓他光明璀璨的人生，因爲我而蒙上一層陰影。」

她定定望著我，「看來妳真的很愛他。」

我不置可否地笑笑，「是這樣嗎？」

「妳和程再沅在一起的時候，會考慮這麼多嗎？」彭芷晨微微挑眉，「真不知道這對妳是幸還是不幸。」

她的這個問題，我想不出答案，於是沒有回應。

Chapter 16

與藍旭分開的第十四天，怡倫姊打電話邀我去她家吃午餐。

我謊稱已與朋友有約，怡倫姊不疑有他，笑笑地說：「那就下次吧，妳好久沒來我們家了，妳哪一天有空再跟我說，我再做一桌妳愛吃的菜。」

結束通話，我隨手把手機放在床邊，繼續躺在床上，不知不覺再度睡了過去。

在淅瀝瀝的雨聲中睜開眼睛，我沒有起身，抓起手機一看，時間顯示下午三點。又發了半小時的呆，我重新拿起手機，考慮晚上找高偉杰一起吃飯。

螢幕這時跳出一條訊息。

「妳在家嗎？」

看見藍旭傳訊息過來，我立刻從床上坐起來，馬上回答他自己在家。

三分鐘後，他再度捎來訊息。

「我在門口。」

身體比腦袋更快有反應，我迅速跳下床，衝過去開門，果真看見朝思暮想的那張面孔出現在鐵門外。

「藍……」我笑著開門，還來不及喚出他的名字，就被他推進屋裡。

他直接把我壓在客廳的沙發上，用唇堵住我所有的話語，不讓我有開口的機會。

他用力扳開我的雙腿，猝不及防進入我的身體，我忍不住發出呻吟。藍旭近乎粗暴的動作帶著情緒，我咬住下唇，緊閉雙眸，默默承受他排山倒海的怒火，任憑他施爲。

等到他終於氣喘吁吁停了下來，我才慢慢睜開眼睛，與他四目相對，伸手輕輕捧住他的臉頰，小聲問他：「氣有稍微消一點了嗎？」

藍旭眉頭緊皺，眼眶微紅，連續幾次深呼吸才開口：「妳根本沒有把我放在眼裡吧？」

「沒這回事，我很在乎你。」我吻上他的額頭和嘴唇，含淚否認，「我只是想尊重你的意願，如果你決定結束，我不會再打擾你。」

「妳從一開始就該這麼做。」他咬牙切齒，眼底泛起一抹淚光，嗓音裡充滿悲憤，「既然如此，妳爲什麼要來招惹我？爲什麼偏偏要在這個時候動搖我？」

「抱歉，藍旭，眞的對不起。」

如果知道他會喜歡上我，那我還會主動吻他嗎？我回答不出來。但我眞心後悔讓他這般難受，所以我開口向他道歉，用力將他抱緊。

像是要彌補過去十四日的空虛寂寞，我和藍旭沒有就此停下，這場纏綿從沙發延續到床上，將一切拋到腦後，忘記時間，也忘記自己。

等到藍旭穿上衣服準備回去，已經是晚上八點，我把家裡的備份鑰匙交到他手上。

「只要你想見我，隨時可以過來。」我抱著他的脖子，在他耳邊輕聲說：「我們好好珍惜這一段時間，不要留下遺憾，好嗎？」

藍旭沒有回話，低頭吻上我。

「妳別再做出任何耍弄我的事。」離開前，他沉聲警告我。

「我不會的。」

我微微一笑，鄭重對他許下承諾。

✦

和藍旭在一起的那段時間，對我而言，像是作了一場前所未有的美夢。

往後藍旭到家裡找我，我們第一件事就是擁抱對方，像是兩隻飢渴的野獸，瘋狂渴求著彼此的身體，沒有厭倦的一天。不管是客廳、房間，浴室，這個屋子的每處角落，都有我們歡愛過的痕跡。

意識到別離的日子不會太遠，吃飯睡覺都變得奢侈，盡可能把握相處的每一分每一秒。

不僅僅是在我家裡，連在怡倫姊家中，我們也不忘把握接觸的機會。

我和藍旭總是趁著怡倫姊一家人沒注意，在桌子下手拉著手，或是躲起來偷偷親吻，熱衷於種種隨時可能會讓我們之間關係曝光的行徑。

藍旭甚至還會故意在我跟怡倫姊通電話的時候，一聲不響從背後抱住我，兩隻手在我身上游移，幾次差點讓怡倫姊聽見不小心從我嘴裡溢出的呻吟。

兩人徹底沉淪這樣危險刺激的快感裡，樂此不疲。

即使誰都沒提，我和藍旭也清楚，這不是能輕易對怡倫姊啓齒的事，而且這樣的關係終將會結束，自然更沒有非得讓她知道的必要。

四月某個週末下午，我和藍旭在激情過後，躺在床上休息，那時他問了我一個問題。

「我離開後，妳就完全不會再跟我聯絡了？」

我看著他的眼睛，回答他：「如果你傳訊息給我，我還是會回應的。」

「眞的？」

「眞的。」我抬手摸摸他的頭髮，「所以，你就好好地到國外展開新的生活，多去看看這個世界，並且認識更多的人吧，你的眼界會變得更加開闊，想法也會變得不同。」

語落，我停了一下，喃喃道：「我好像有點明白了。」

「明白什麼？」他不解。

「明白我爲什麼會被你吸引。」我的手指纏繞在他柔軟的髮絲間，「除了覺得你懂事、惹人疼，也是因爲我可以在你身上看見未來。你那麼年輕，卻能夠朝著明確的目標，一路堅定不移地往前走，這很不容易。我想是你追求未來的眼神和態度，讓我深受感動，我才會喜歡上你吧。」

「幹麼講得好像妳有多老一樣？」藍旭笑了起來。

「就是會感慨呀，畢竟我在你這個年紀的時候，可是個沒什麼夢想的人呢。」

「妳現在不也過著夢想中的獨立生活嗎？何必感慨？」他望著天花板，淡淡地說，「而且夢想這種東西其實也沒多値得推崇，很多時候，夢想就是一切痛苦的來源。從我爸爲了給予我好的生活，努力擴展事業，導致長年操勞過度，最後生病離世，我就覺得沒有那麼大的夢想也無所謂。當然，我不是在否定我爸生前的努力，只是認爲就算平淡過日子，那也很好，至少人還活在世上。」

我怔住了，沒有想到會聽見藍旭說出這樣的話。

「妳可不可以答應我一件事？」

「什麼事？」

「從現在起到我離開的那一天，都不要對我說再見。」他的聲音聽不出情緒，「我爸離去的那天，在電話裡一共對我說了三次再見，之後我就再也聽不見他開口說話，如今身邊的人對我說再見，我心裡還是會有疙瘩。這兩個字對我來說，已經等於是再也不見的意思。」

「好，不說再見，那要改說什麼呢？」我很快就有了主意，「『待會見』怎麼樣？會不會讓你感覺好一點？」

他想了想，接受我的提議，「嗯，就這個吧。」

誰知那天晚上藍旭背著包包，獨自從我家大樓走回對面社區的身影，會被送水果千層蛋糕過來給我的高偉杰撞見。

高偉杰有時會帶些熱門的點心來給我，倘若我不在家，或是暫時不方便下樓領取，他會轉交給大樓管理員，讓我之後再去拿。

這一晚，他坐在車子裡親眼目睹藍旭從我家離開，不由得起了疑心。

但高偉杰沒有馬上問我，而是等到隔天我們一起去外面吃飯的時候，才開口向我確認。

我沒有對他隱瞞，鎮定地坦承不諱。

「什麼時候開始的？」

「有兩個月了。」

「這也是計畫的一部分？」

「不，他是意外。」我低頭注視桌上的拉麵，「你一定覺得我瘋了吧？」

他不置可否，「妳眞的喜歡他？」

「嗯。」遲遲等不到高偉杰接話，我終於抬頭看他，「你生氣了？」

「沒有。」他的表情看起來不像在說謊，眼神卻轉爲認眞，「那妳還要繼續調查楊騰順嗎？」

「楊騰順的事跟藍旭無關，而且藍旭六月就會出國，到時我們就會結束。」我放下筷子，語氣認眞，「高偉杰，雖然我很想知道究竟是誰害死了翔翔，但如果你希望我能爲了你而放棄調查楊騰順，我就放棄，我是說眞的。」

高偉杰眼神閃過一絲恍惚，久久沒有反應。

「妳眞的能放棄嗎？」

「能。」我斂下眼眸，果斷地點點頭。「如果這確實是你希望的，我答應你，從現在起不再調查楊騰順，就當作沒有這回事。我執意這麼做，給了你不小的壓力吧？這段日子爲你添這麼多麻煩，眞的很抱歉，請你原諒我的任性。」

高偉杰不吭一聲。

用完餐後，我表明這餐由我去結帳，高偉杰不置可否，起身走進洗手間。

「你們怎麼了？」負責結帳工作的彭芷晨敏銳地察覺到我和高偉杰之間氣氛不對。

「可能是我剛才告訴他，我跟藍旭在一起，他很吃驚吧。」我微微一笑。

「高偉杰認識藍旭嗎？」

「不認識，但知道他。」

彭芷晨看我一眼，沒有再說什麼。

✦

光羽的三歲生日在五月初，怡倫姊和楊騰順在家裡爲她舉辦一場小型慶生會，我理所當然也受到了邀請。

藍旭爲光羽準備了一組飛機玩具作爲生日禮物，光羽很開心，童言童語說要跟哥哥搭飛機出去玩，逗得大人們笑個不停。

「哥哥能一起爲妳慶生，眞是太好了。」楊騰順摸摸寶貝女兒的頭，莞爾看向旁邊的我，「對不對，瑤瑤？」

「是呀。」我迎上男人的目光，回以微笑。

光羽的慶生會結束後，我起身告辭，楊騰順表示要去超商買包菸，便跟著我一同步出家門。

「瑤瑤，謝謝妳過來，我們家兩個孩子的生日，妳都參與到了。」他笑容滿面，「等妳生日那天，我們也會爲妳慶祝。」

走出社區門口，我停下腳步，「楊大哥，最近你有沒有空？能抽點時間給我嗎？」

「怎麼了？」

「我從朋友口中打聽到詹孟嫻的近況，情況有點複雜，想找個隱密的地方跟你說。」

楊騰順嘴角的笑意霎時消失，神情轉爲嚴肅，「好，我會盡快聯絡妳。」

即使意識到高偉杰內心的痛苦、看見怡倫姊爲了孩子而做出的改變，以及決定和藍旭相戀，這些都讓我漸漸放棄了摧毀楊騰順一家的念頭。

但這不表示我原諒了這個男人。

在我離開之前，我決定向楊騰順說出眞相，我必須讓他知道，這個世上有一個人，始終記得他所做過的錯事。

我要楊騰順用餘生去記住，有一名無辜的孩子因爲他而失去寶貴的性命，更要他這一生都帶著這道傷痕，用生命去守護他的家人，作爲對翔翔的贖罪。

如此一來，我這荒腔走板的人生，才算是有了意義。

Chapter 17

楊騰順應該是迫不及待想知道詹孟嫻的近況，隔天上午就聯繫我了。

他請我晚上前往一間設有包廂的餐廳，在那裡不用擔心被認識的人發現。

在約定時間走進包廂，楊騰順就坐在裡頭，他已經先點好了菜，餐點很快就送上桌來。

「我朋友的父親被爆出有私生女後，詹孟嫻就生病了。」不等他問，我便逕自開口，「詹孟嫻身心狀態不是很好，很早就搬出家裡，移居別處靜養。據說她還罹患了阿茲海默症，連家人都不太能認得。」

聽完這個消息，楊騰順面色凝重，安靜許久。

「原來她眞的生病了，而且情況還這麼嚴重……」他眼角抽動，臉上流露出深切的傷痛，「她的丈夫有好好照顧她嗎？」

「就我朋友的說法，詹孟嫻算是有得到妥善的照料，不僅有專人看顧，朋友的父親每年除夕都會帶著大兒子去找詹孟嫻圍爐，但是他的小兒子，也就是我朋友，卻只能和他那個被視爲私生女的妹妹，兩人孤單地在外頭吃年夜飯。」

「……這是什麼意思？妳那位朋友，無法跟父母過節，只能和妹妹一起過，爲什麼？」楊騰順深感不解。

「當初是我朋友告訴他爸爸高慶霖，高慶霖在外面有一個女兒，這使得詹孟嫻從此對我朋友恨之入骨，之後詹孟嫻還找上了舊情人，慫恿對方去傷害那個可憐的小女孩，企圖讓她永遠消失。」

等到楊騰順消化完這一大段話，他看著我的眼神充滿震驚。

「高慶霖的私生女，就是我的表妹。我家發生火災那天，我在樓下門口遇見的那個男人，應該就是你吧。縱使十年過去，我都沒能忘記你的嗓音。當年受詹孟嫻驅使，縱火害死我表弟，讓我的人生從此墜入黑暗的人，就是你楊騰順。」

我冷冷瞪視著他，「之前你說過，犯錯的人不是我，而是那個縱火犯，你說得一點也沒錯！」

楊騰順臉色鐵青，「瑤瑤，事情不是妳想的那樣。」

「怎麼？你要說是我認錯人了嗎？我在樓下遇見的那個男人不是你？事到如今你還想狡辯？」

「眞的不是妳以爲的那樣，拜託妳聽我說。」楊騰順話聲激動，「妳說的那些我都承認，那天我是去過妳家，但我沒有縱火，我在見到那兩個孩子之後，很快就離開了。」

我冷笑，「你以爲我會相信你嗎？」

楊騰順努力想要解釋：「那天我本來守在妳表妹住處樓下，妳把妳表妹接到妳家，我跟了過去，後來見到妳出去了，我一時鬼迷心竅，上樓去摁妳家的門鈴，我承認當時我確實不懷好意，可是當我一看到那兩個孩子純眞的神態，我就果斷放棄那股危險的念頭，沒有鑄下大錯。我離開的時候，剛好他們的母親過來了，在那種情況下，我更不可能做出什麼壞事，請妳相信我。」

我傻住了，「你說什麼？你看到我阿姨？」

「對，我走下樓梯時，跟一個女人擦肩而過，她按下妳家的門鈴，我聽到妳的表弟表妹大聲叫她媽媽。」

我過了半晌才問：「你記得那個女人的樣子嗎？」

「我不記得她的長相，不過她穿著一件桃紅色的長版大衣，顏色很醒目，所以我印象很深。」

我猛地從座位上站起，失態朝楊騰順大吼：「你騙人！」

「瑤瑤，我可以對天發誓，如果我眞的做出那種事，那我根本就沒有資格當光羽的父親。我的確曾經想傷害妳表妹，我之所以並不後悔自己那一天的舉動，是因爲我在見到妳表妹之後，她澄澈無辜的眼神讓我徹底清醒了過來，決定結束與詹孟嫻的關係，開始新的人生。」

我頓覺天旋地轉，幾乎無法站立，更聽不進楊騰順後面說了什麼。

我拔腿衝出餐廳，搭上計程車返家。一進到屋裡，胃部便感到一陣強烈翻攪，我抱著馬桶嘔吐，把晚上吃的食物盡數吐得精光。

吐完之後，我癱坐在浴室的地上，腦袋一片空白，全身劇烈發抖。

楊騰順說的那件桃紅色長版大衣，我也有印象，蓓蓓阿姨從前很常穿那件大衣。

根據媽媽所言，蓓蓓阿姨那天才走到我家巷口，就因為目睹火災驚嚇過度昏倒了，然後就被送往醫院，蓓蓓阿姨根本沒能來得及踏進我家那棟大樓……

既然如此，楊騰順怎麼會說她按下我家門鈴？還聽到翔翔和嬿嬿叫她媽媽？

如果楊騰順沒有說謊，蓓蓓阿姨那天都去到我家了，為什麼她沒有把翔翔和嬿嬿接走，還繼續讓他們留在那裡？

又為什麼警方在進行調查時，蓓蓓阿姨始終沒有說出這件事，最後還拋下嬿嬿逕自遠走高飛？

難道蓓蓓阿姨這麼做不是因為失去翔翔，傷心過度，而是因為她心中有愧？

難道這場火災的發生與蓓蓓阿姨有關？害死翔翔的兇手，不是楊騰順，而是他的親生母親？

蓓蓓阿姨竟然想要殺死她的兩個孩子？

我感到整個世界天崩地裂，瑟縮起身子抱住頭，洶湧的淚水奪眶而出。

「爲什麼……爲什麼？」我嘴裡不斷重複著這句話，哭得聲嘶力竭。

爲什麼蓓蓓阿姨要做出這種事？

她怎麼狠得下心？

被絕望吞噬的這一刻，一直支撐我走到這裡的那股信念，也全然瓦解。

✦

楊騰順打了無數通電話，也傳了無數條訊息過來，我沒有接電話，也沒有讀訊息，不知道從什麼時候起，手機終於不再震動作響，應該是電力耗盡了。

聽到刺耳的門鈴聲，躺在床上的我緩緩眨了一下眼皮，卻沒有力氣起身應門。

沒過多久，大門門鎖被轉開，一道人影隨之走進昏暗的房間，下一秒室內大放光明，來人打開了電燈。

「妳在搞什麼鬼？爲什麼電話一直打不進去？這兩天聯絡不上妳，知不知道我跟我媽有多擔心？」

藍旭的聲音，讓我渾沌的腦袋漸漸變得清明。

看著藍旭因爲擔憂而充滿怒氣的面孔，淚意再度湧上，我伸手緊緊抱住他，在他懷裡嚎啕大哭。

藍旭沒再出聲，只是安靜地抱著我，讓我盡情發洩。

等到情緒逐漸恢復平靜，我才勉強擠出一絲微笑，謊稱自己前兩天接到摯友不幸去世的消息，心裡很難受，想暫時一個人靜一靜，才沒接電話，後來手機沒電了，也忘了充電。

我向他道歉，同時請他幫我向怡倫姊解釋。

藍旭伸手輕撫我紅腫的眼睛，嘆了一口氣，「知道了。妳從來沒有一整天不讀不回訊息，我媽擔心妳是不是出了什麼事，楊叔叔也是，所以我主動說要過來看看，幸好妳給了我備用鑰匙，不然眞不知道妳還要獨自關在房間裡多久，以後不許再這樣了。妳有吃飯嗎？」

「有吃一點。」爲了不讓他操心，我又說謊了，「藍旭，謝謝你來找我，看到你，我就好多了。現在很晚了，你趕快回去吧，要是你逗留太久，怡倫姊可能會覺得奇怪。」

「嗯。」

藍旭走到門邊時，又回頭看了我一眼，朝我張開雙臂。

我立刻飛撲進他的懷裡，讓他再次牢牢抱住我。

最後，他在我額上印下一吻，認眞囑咐我：「我回去再打電話給妳，一定要接。」

「好。」

依依不捨送走藍旭，我就將手機拿去充電。

手機一開機，螢幕立刻跳出一堆訊息及未接來電通知，連彭芷晨和高偉杰都傳了訊息給我。幸好高偉杰是在幾個小時前才傳的訊息，否則要是我整整兩天音訊全無，以他的個性，大概早就直接找上門來了。

此刻我實在無顏見到高偉杰，也不願讓他看見這樣的我。

回訊息給他和彭芷晨後，我勉強打起精神去洗澡，然後打電話給怡倫姊。

「瑤瑤，我聽藍旭說了。」她的語氣充滿關心，「妳還好嗎？眞的有好好吃飯嗎？有沒有想吃什麼？我送過去給妳。」

「不用了啦，我沒事。」我故作輕鬆道，「聽說楊大哥也很擔心我？」

「是呀，今天他一直問我有沒有聯繫上妳，他很關心妳。」

「真的很抱歉，讓你們這麼擔心，明天我再打電話親自向楊大哥道歉，今天就先不打擾了。」

「好，我會轉告他，妳好好休息，有什麼需要的隨時打電話給我，知道嗎？」

「嗯。」

放下手機，我重重倒在床上，講完這通電話，耗盡了我所有的力氣。

明明已經累到連一根手指都抬不起來，我卻怎樣也難以入睡，無法藉由夢將我帶離現實。

又是一個沒能闔眼的漫漫長夜。

✦

走進拉麵店環顧一圈，我沒有看見彭芷晨。

送點單和茶水來的女店員認出了我，主動告訴我彭芷晨今天有事請假，我點點頭，跟她點了一碗拉麵，接著拿出手機撥出一通電話。

對方馬上接起，像是等候已久。

「喂？瑤瑤？」楊騰順嗓音帶著一絲如釋重負，「我一直在等妳打給我，妳沒事嗎？妳人在哪裡？」

「外面，我出來找朋友。」

「是嗎？妳沒事就好，我很擔心妳。」他語氣充滿歉意，「瑤瑤，我萬萬沒想到，妳會因爲我而痛苦這麼多年。這都是我的錯，我實在不曉得怎麼做才能彌補妳……眞的很對不起。」

我過了很久才出聲，「楊大哥，你可以答應我一個請求嗎？」

「當然，妳儘管說。」

「雖然你可能本來就打算這麼做，但我還是要說。」我淡淡開口，「請你把那件事帶進墳墓裡，永遠不要對任何人提起，然後用餘生守護怡倫姊和光羽，你能爲我做到嗎？」

楊騰順沒有猶豫，立刻回答：「好，我答應妳。」

結束這通電話，看著已經送上桌好一段時間的拉麵，我依舊沒有半點食欲。

我勉強舉起筷子夾起幾根麵條送進嘴裡，只覺味如嚼蠟，於是又放下筷子。

這時手機訊息提示音響起，竟是石語婕傳訊過來。

「姊姊，好久不見。我有些話想要當面跟妳說，請問妳何時有空呢？」

我把拉麵店的地址傳給她，說自己現在剛好有空。

石語婕很快回覆，說她人就在這附近，馬上就過來。

我決定趁石語婕到來之前，先去一趟洗手間，不料卻在站起身的瞬間，頓覺一陣天旋地轉，隨即眼前一黑，失去了意識。

Chapter 18

睜開眼睛時，彭芷晨正彎腰俯身看著我，神情關切。

她說我在醫院裡昏睡了整整兩天。

看見一旁的點滴，我才意識到自己躺在病房裡，而且還是寬敞的單人病房。

「我怎麼了？」

「醫生說，可能是妳連續好幾天不吃不睡，體力不支，才會暈倒。」彭芷晨解釋，「妳在拉麵店暈倒後，我同事馬上叫救護車，當時有一個叫石語婕的女生跟著妳一起過來醫院。」

聞言，我終於憶起那一天的情形。

「語婕人呢？」

「我趕到醫院之後，和她聊了幾句，就讓她先離開了。」彭芷晨瞥了我一眼，「她說妳們約好在店裡見面，我便猜到她可能就是喜歡藍旭的那個女生，於是問她是否認識藍旭？果然被我猜中了，我特別叮囑她，別把妳入院的事告訴藍旭。」

「太好了，謝謝妳。」我鬆了一口氣，卻也很快想到一件事，急著想要找手機，

「彭芷晨，我的——」

像是早料到我在擔心什麼，她不等我問完便說：「妳住院這兩天，有兩個人一直打電話給妳，一個是藍旭，另一個是他的母親，沈怡倫。因爲他們實在打來太多次，我就代妳接聽了，我說我是妳的朋友，妳心情不好，過來找我散散心。沈怡倫告訴我，妳因爲摯友過世，受到很大的打擊，我便順水推舟，謊稱妳還需要一些時間平復心情，讓她不必擔心，我也是這麼跟藍旭說的。至於他們信不信，我就不知道了，妳自己再想辦法去解釋。」

「彭芷晨，眞的很謝謝妳，幸好有妳在。」我感激不已，隨即察覺有異，「但妳怎麼知道沈怡倫是藍旭的母親？」

「高偉杰告訴我的。」

我霎時語塞，不敢置信地看著她。

「不然妳以爲自己爲什麼能住進這麼好的病房？這都是高偉杰安排的，我想妳恐怕沒辦法輕易離開醫院了。」彭芷晨面無表情道，「前天高偉杰也打了電話給妳。他很敏銳，在他的再三追問之下，我只得告訴他妳人在醫院。高偉杰趕到醫院後，立刻去找醫生，要求醫生爲妳做更精細的檢查，我深知瞞不過他，所以就跟他說了。」

「說了什麼？」

「當然是妳生病的事。」
我愣了好一陣才再度出聲，「高偉杰呢？」
「他有事要辦，待會會過來，他請我務必好好照看妳。」彭芷晨拍拍我的肩膀，
「高偉杰八成會要妳馬上接受治療，妳做好心理準備吧。」
我啞口無言，不知該作何反應。
一個小時後，高偉杰果然出現了。
他一來，彭芷晨就說她要回學校上課，背起包包走了，我知道她是想讓我跟高偉杰單獨談一談。
高偉杰在病床旁的椅子坐下，我注意到他眼下掛著淡淡的黑眼圈。
「我爸認識這間醫院的副院長，我已經安排好了，妳就安心在這裡接受治療吧。房子的事，我會幫妳處理好，妳不用擔心。」
自他進到病房，就算是在對我說話，也一直沒有正眼看我。
「高偉杰，你看著我說話好嗎？」我溫聲勸道，「我知道你很生我的氣，你可以對我發脾氣。」
這時他才終於朝我看了過來，「妳從一開始就打算瞞著我到最後？」
「不，是在你告訴我，你母親已經十年不跟你說話之後，我才做下這個決定。」

我坦白答道，「如果不是我，你不會失去母親的關愛，我已經虧欠你夠多了，不想再讓你爲我感到痛苦。我本來想要以揮別過去、到國外展開新生活爲藉口，就此從你的生活中淡出，並要求你別再聯絡我，畢竟看到你就會讓我想起過去。我很清楚，你始終對我有愧，只要我這麼說，你一定會接受這個要求。」

高偉杰眼神浮現悲憤，第一次在我面前表現出如此堅決的態度，「既然妳很清楚我是怎麼想的，那妳應該也知道我接下來會怎麼做。我不會再讓妳跟楊騰順一家人繼續糾纏下去，妳現在唯一該做的就是接受治療，這件事沒得商量，我絕對不會讓步！」

我看著他半晌，主動握住他的手，「好，我聽你的，也請你答應我最後一個請求，讓我自己跟楊騰順一家做結束，我保證不會太久。」

不知道是拗不過我，還是終究不忍心拒絕我，高偉杰最後還是同意了。

當天晚上，我把石語婕找過來病房，老實告訴她我的病情。

石語婕滿臉震驚，不敢置信，「姊姊，妳騙我的吧？」

「我也希望我是騙妳的，但很可惜不是。」我微微勾起唇角，「我希望這件事藍旭永遠不會知道，妳能幫我嗎？」

「……可是這要怎麼瞞著他？」

「不要告訴他就行了，在藍旭出國之前，我不會讓他察覺到異狀。」

「等一下，現在問題不是這個吧，姊姊妳不是和藍旭正在交往嗎？」她焦急地脫口而出。

我頓了一下，「藍旭告訴妳的？」

「對。」石語婕眼眶驀地泛紅，「前天我約姊姊見面，就是想跟妳說，上個禮拜我向藍旭告白，他拒絕我了，他說他已經有喜歡的人，我問那個人是不是妳，他承認了。藍旭還說，妳不接受遠距離戀愛，等他出國，妳就會跟他分手，可是他並不打算放棄妳，等他從國外回來，就會去找妳。」

原來藍旭是這麼想的，我心中先是一甜，隨即又是一陣酸澀。

「姊姊妳是不是以爲，藍旭去到國外之後，遲早會忘了妳？但妳有沒有想過，如果他忘不了妳呢？那他要怎麼辦？既然妳一開始就知道自己的病情，就不該讓藍旭喜歡上妳，妳好虛僞，也好自私！」

我沒有辦法反駁，「妳說得對，我這麼做是很自私。這件事確實是我做錯了，但我還是只能厚顏無恥地拜託妳，我希望不管是四年後，還是十年後，妳都能繼續待在藍旭身邊支持他。除了妳，我想不出還有誰可以託付，妳能完成我這最後的心願嗎？」

石語婕淚流不止，「姊姊，怎麼有妳這麼過分的人啊！」

「對呀，所以我受到懲罰了。」我笑著攬住哭哭啼啼的她。

石語婕答應了我的請求，我告訴她，這是我們最後一次見面，請她別再聯絡我。

石語婕紅著眼睛離開病房後，待在病房裡旁聽我們對話，始終默不吭聲的彭芷晨終於發話。

「聽說妳明天要出院？」

「嗯，我想回租屋處一趟，順便去見藍旭的母親。」

「妳打算怎麼跟她說？」

「不知道，我會好好想的。」

如果只是要從怡倫姊的生活圈消失並不難，只要跟她說我決定搬回家裡居住，也決定復學就好，但怡倫姊若是始終積極與我保持聯絡，有朝一日我不在人世，她一定會起疑心。考量到藍旭必然會透過怡倫姊得知我的消息，該怎麼才能面面俱到，就需要費一點心思了。

老天似乎有意幫我一把，我還沒想到該怎麼跟怡倫姊說，祂就幫我安排好了最合適的退場機制。

出院隔天，我傳訊息給怡倫姊，她馬上打電話給我，約我去她家一趟。聽出怡倫姊語氣有異，我二話不說便答應下來。

去到她家後，客廳裡就只有怡倫姊一個人，光羽在房間睡午覺。

「怡倫姊，妳電話裡的聲音怪怪的，發生什麼事了嗎？」我主動開口。

怡倫姊這一刻向我投來的眼神，像是在看陌生人，而她雙手緊握，似乎正在努力壓抑某種情緒。

「瑤瑤，我這麼要求可能很唐突，但妳現在能打電話給妳的父母，讓我跟他們談談嗎？」

我一愣，面上依舊保持鎮定，「爲什麼要這麼做？」

怡倫姊的態度很堅持，「拜託了，瑤瑤，請妳打這通電話吧，妳打完電話我就告訴妳。」

我沒有反應，只是靜靜地看著她。

「妳做不到嗎？」怡倫姊的嗓音變得尖銳起來，「爲什麼妳不願意打電話？是因爲妳其實已經很多年沒跟父母聯繫了嗎？」

「……是誰跟妳說的？」

「彭韋甄。」怡倫姊語出驚人，「昨天我到我們常去的那間咖啡店，一位女店員忽然向我搭話，她說她以前國中和妳同校，而且她朋友彭韋甄認識妳，彭韋甄跟我說了很多關於妳的事。」

我頓時想明白了一件事。

之前在那間咖啡店，我屢次感覺到有人在看我，應該就是那位女店員吧。

沒想到竟然這麼巧，那位女店員不僅知道我，還偏偏是彭韋甄的朋友。

「彭韋甄說，妳之前搶了她的男朋友，等到有了新對象，妳就馬上把她男友一腳踢開，妳休學也是爲了跟新男友在一起，才不是爲了休養身體……」怡倫姊話說得斷斷續續，「她還說……妳國中開始從事援交，高中就被父母趕出家門，男女關係混亂，專門橫刀奪愛，連已婚男人都不放過……妳能不能告訴我，彭韋甄說的是事實嗎？」

我暗自心想，彭韋甄果然和程再沅是同一種人，連報復人的手段都如出一轍，只會找上我身邊親近的人揭露我的過去。不過彭韋甄這麼做，等於是在我想要從舞臺上退場時，給了我一座可供利用的臺階。

「妳爲什麼不回答？」怡倫姊眼圈逐漸發紅，「我告訴彭韋甄，妳住在我家附近，妳在超市主動向我搭話，我們才會認識，她便很篤定地斷言，妳會接近我，必然另有目的，叫我一定要提防妳。妳對妳前男友說，妳是有了在意的男人，才會跟他分手，並且決定休學，因此彭韋甄懷疑，妳之所以會在休學後立刻搬到我家對面，積極跟我打好關係，爲的就是想找機會接近騰順，破壞我的家庭。」

說到這裡，她下意識搖搖頭，眼睛紅得好像就快要哭出來了，「我本來覺得這種說法太過荒謬，但彭韋甄舉證歷歷，我忍不住產生動搖。於是我拿著妳上次幫我們全家拍的那張照片，去問妳住的那棟大樓的管理員有沒有見過騰順，他說沒見過騰順，但是卻見過藍旭多次出入大樓。這是怎麼回事？藍旭是去找妳的嗎？」

經過一段漫長的沉默，我終於開口：「是，藍旭是來找我的，我們瞞著妳偷偷交往一段時間了。」

怡倫姊臉上寫滿震驚，望著我的眼神一片茫然。

「所以……彭韋甄說的那些，都是眞的嗎？」

「對，是眞的。」

怡倫姊臉色慘白，一隻手扶在桌子上，像是在支撐自己搖搖欲墜的身體。

「可是……藍旭是在妳搬來之後，才來到我家的。妳不可能事先得知他的存在，特地爲他搬過來，這不合理。」

「妳說得對，我一開始的目標，其實是楊大哥。」我面不改色地說出方才在心裡編織好的謊言，「楊大哥偶然幫助過我，對他來說只是隨手幫了一名素昧平生的路人，我卻因此對楊大哥傾心。所以我搬到這裡，想辦法透過妳認識他、接近他，然而他對妳一往情深，不僅不記得我，還始終沒能察覺我的心意，我只好放棄；後來我遇見藍旭，漸漸被他吸引，才轉而追求他。」

怡倫姊的淚水奪眶而出，顫聲問：「瑤瑤，妳先前會那樣嚴厲地指責我，是爲了挑撥我和騰順之間的感情，讓我主動跟他分開嗎？」

我看著她許久，最後輕輕點了點頭。

怡倫姊揚手狠狠搧了我一巴掌，我臉上火辣辣的，彷彿被灼燒。

「妳怎麼會這麼可怕？」她眼中盈滿憤怒，「我真心把妳當妹妹，妳卻一心想破壞我的家庭。妳怎麼能夠面不改色說出一個又一個謊話，把我們全家騙得團團轉？妳簡直讓我毛骨悚然！」

我任憑她指著我破口大罵，不吭一聲。

「我不會讓妳再接近藍旭。」怡倫姊咬牙切齒道，眼神帶著前所未有的狠戾，「或許在妳眼裡，我沒有資格當藍旭的母親，但我會盡全力保護他。我不會把妳的事告訴藍旭，我不忍心讓他知道，他喜歡的竟然是這種女人，所以請妳安靜地離開吧，以後再也不要出現在我家人面前，更不許再接近藍旭，否則我絕不放過妳。」

性格柔弱的怡倫姊，竟然會爲了保護兒子，不惜出言恐嚇我，我看著這樣的她，唇角泛起一絲笑意。

「我會安靜離開的。如果不想讓藍旭為了我這種女人受傷，就請妳配合我的最後一個謊言，讓藍旭在什麼也不知道的情況下，跟我分手。」

怡倫姊緊緊抿著被淚水沾濕的嘴唇，看著我的眼神很複雜。

此時房間裡的光羽，似是被母親尖銳的話聲驚醒，放聲大哭了起來。

✦

從怡倫姊家離開後，我傳了條訊息給還在學校的藍旭，沒想到立刻收到他的回覆。

現在是第二節下課時間，藍旭說他準備去上體育課。

十五分鐘後，我來到他的學校，站在鏤空雕花圍欄外，清楚看見在運動場上的一群學生。

即使隔著一段距離，我還是很快在人群裡找到了藍旭。

從隊友手中接過籃球，轉身往另一頭籃框衝去的藍旭自信一笑，看起來充滿活力，耀眼得令我久久無法移開目光。

無論何時，我都能在這個男孩身上，看見這世間的所有美好。

下課鐘聲響起，藍旭走到一旁穿上外套時，從口袋掏出手機看了一眼，隨即四處張望，視線最後在我身上停住，他跟身旁的朋友說了幾句，便快步朝我奔來。

「妳怎麼會過來？」藍旭一臉意外，額頭上滲著幾顆汗珠，充滿健康的氣息。

「我很想你，就過來碰碰運氣，沒想到眞的能見到你。」注意到他的同學好奇朝我們這邊看了過來，我忍不住逗他，「你有跟你朋友說我是你女朋友嗎？」

「沒有，我說妳是我的親戚。」

「什麼嘛，我還以爲你會很大方地向他們介紹我呢。」我故作不開心。

「要是我老實說，他們之後會煩死我的啦，那些傢伙超八卦的。」藍旭無奈地撇了撇嘴角，「妳是今天回來的嗎？心情有沒有好一點？」

「是啊，早上剛回來，這幾天我朋友帶我去了一趟小旅行，陪我散散心，感覺好多了。我讓你擔心了吧？」

「嗯，但妳沒事就好。」

「謝謝。」我莞爾一笑，「其實我是提前回來的，有件重要的事必須當面跟你說。」

「什麼事？」

「昨天晚上，我接到家裡打來的電話，我媽生病了，我爸身體不大好，無法獨力照顧我媽，他們希望我能搬回去住。等一下我就得回租屋處收拾行李，最快這兩天就會搬走。」

藍旭臉上布滿錯愕，看著我的眼神變得犀利，「妳不會是想現在就跟我分手，故意編出這種謊話吧？」

「我就猜到你會這麼想，你就快要出國了，我巴不得能獨占你到最後一刻，怎麼可能會想提前離開你？」我從容安撫他，「這件事怡倫姊也知道，不信你可以去問她。我只是搬回家裡就近照顧父母，我們還是可以每天聯絡。你一定能體諒我的苦衷，對吧？」

藍旭抿緊了嘴唇，面色陰鬱。

儘管他相當不高興，卻也只能無可奈何地接受，接著他像是想到了什麼，冷不防道：「妳告訴我媽這件事的時候，她有跟妳說什麼嗎？」

我沒有馬上回答，而是問：「怎麼了嗎？」

「我媽最近有點奇怪。」藍旭微微皺眉，「昨晚我臨時起意去超商買東西，出門前她問了我好幾次是不是真的要去超商，還叮囑我早去早回，別在外面逗留，她好像忽然間變得有點神經兮兮，我不確定我媽是不是對我們的關係起了疑心。」

我停頓半晌，才回應他：「可能真是這樣吧，其實，剛才怡倫姊確實有問我，我跟你最近是不是走得很近。我不知道她是怎麼注意到的，但既然如此，我們還是暫時先別見面，你找時間把備份鑰匙交給大樓管理員，我會請房東去拿。」

他點點頭，卻也更加悶悶不樂。

「這不就表示我會有好一陣子見不到妳？」

「是呀，雖然遺憾，但這也是沒辦法的事，所以我們就趁現在把想說的話，一口氣說出來吧。」

「說什麼？」

「我愛你。」我望進藍旭的眼睛，將這三個字說得清清楚楚，「和你相遇，是我人生中最美好的一件事。我的生命是因為你的出現，才開始有了意義，謝謝。」

我突然的深情告白，讓藍旭傻了，整張臉染上一片緋紅。

「妳幹麼突然這樣？有病喔？」他硬生生別過眼睛，連脖子都紅了。

「愛本來就是要及早說出口，才不會留下遺憾，現在換你說了。」

「說什麼啦？妳很無聊。」

「你沒話想跟我說嗎？你怎麼這樣？人家都說出那麼感人的告白了，你卻想不當一回事嗎？」我故作不滿。

藍旭拿我沒辦法，舉白旗投降，「好啦，之後再跟妳說啦，我得先走了，快打鐘了。」

「好吧，就先放過你。」我眼睛彎彎，對他揮手，「待會見。」

「待會見。」

藍旭說完，對我笑了一下，頭也不回地小跑步離去。

✦

隔天將私人物品打包完畢，我便應高偉杰的要求，讓他接手替我處理後續事宜，儘早住進醫院，並刻意選在藍旭上課的時間離開。

提著行李步出大樓，高偉杰的車已經停在門口。

昨天與藍旭碰過面後，我打電話給楊騰順，告訴他我今天就要搬走，理由同樣是為了回家就近照顧生病的母親。

楊騰順沒有多說什麼，只用無比誠懇的語氣對我說，只要我願意，我隨時可以回來看怡倫姊和光羽；若是我有需要幫忙的地方，他也會不吝伸出援手。

楊騰順不會對妻子說出那個祕密，我相信怡倫姊也永遠不會把我的事告訴丈夫和兒子，這麼一來，這個家庭不會因爲我而有任何改變，依然會繼續幸福下去，如同我到來之前一樣。

這一天，我傳了最後一則訊息給怡倫姊。

「怡倫姊，我今天要搬走了。我曾經覺得妳軟弱，但看到妳爲了守護家人挺身而出，我就知道妳已經不是過去的怡倫姊了。跟過去的妳相比，我更欣賞現在的妳。謝謝妳這段日子的照顧，請好好保重身體。」

看了對面的社區一眼，我坐上高偉杰的車。

車子才剛駛離，身旁的高偉杰示意我往後看，我依言回頭，瞥見一個纖瘦的人影出現在街邊。

我一眼認出那人是怡倫姊。

她抱著光羽站在社區門口，像是在目送我們離去。

我無法看清她臉上的表情，她的身影越來越模糊，最終再也看不見。

雙眼漸漸濕潤，我扭頭望向車窗外的天空，清澈的藍天裡一朵雲也沒有。

Chapter 19

住進醫院的這一個月，彭芷晨經常來看我。

高偉杰則是每天都來，而且一來就會待很久，若有必要，他甚至會留下來過夜，像是把病房當作他的第二個家。

開始接受治療後，高偉杰問我，要不要通知我的父母。

「我已經夠不孝了，再讓他們看到我現在這個樣子，我就是千古罪人了，我不想到最後還給我爸媽添麻煩。」我說出心中的顧慮。

「那是妳單方面的想法吧？」彭芷晨不客氣地教訓我，「我有個學姊，也是怕家人擔心，選擇不告訴父母自己生病，導致父母連她的最後一面都沒能見著，悲痛欲絕，好幾年都走不出來。倘若妳爸媽知道妳的情況，不願意來看妳，那就另當別論，但要是不是這樣，妳這麼做才眞的會變成千古罪人。妳爸媽和藍旭不一樣，事到如今，不該連他們也隱瞞。」

彭芷晨這番話讓我改變心意，同意由高偉杰代爲聯繫我的家人。

隔天上午，高偉杰領著多年不見的爸媽走進病房，我本來以爲自己可以從容應對，孰料一看見他們明顯蒼老許多的面孔，我還未開口，淚水就先淌滿雙頰。

我情不自禁在爸媽溫暖的懷抱裡放聲大哭，彷彿回到小時候對他們盡情撒嬌的那段歲月。

某天從睡夢中醒來，我依稀聽見門外傳來彭芷晨的聲音。

她似乎正在跟誰交談，口氣帶著嚴厲。

等她開門走進病房，我難掩好奇，「是誰呀？」

「石語婕。」彭芷晨淡淡地說，「她想探望妳，我替妳拒絕了，稍微凶了她幾句才把她趕走。」

「是嗎。」我眨眨眼，感慨道：「抱歉，讓妳當壞人了。可能是送走藍旭之後，她心裡難受，想來和我說說話吧。要她一起瞞著藍旭，她應該也很痛苦。雖然對她很抱歉，但相信她有一天會釋懷的。」

我遵守約定，每天和藍旭傳訊息或通電話。

藍旭出國前，要求見我一面，卻被我以各種理由回絕；他提出希望我至少能去送機，我也找藉口推辭，使得他大發脾氣，鬧彆扭好幾天，費了我許多心思安撫才總算讓他消氣。

藍旭出國那一天，高偉杰傳給我一組照片。

他特地前往機場，悄悄拍下怡倫姊全家送機的畫面，石語婕也有去送藍旭一程。從照片裡可以看到，藍旭和家人一一擁抱，石語婕流下不捨的淚水，藍旭故意捏了捏她的臉頰，逗得她又氣又笑。在家人、朋友的環繞下，藍旭臉上露出明亮的笑容。

爲我的世界帶來光輝的男孩，終於能自由張開翅膀，飛向他渴望的人生。

「我其實挺意外的。」

彭芷晨這句話把我從思緒裡拉了回來，我側頭看她，「意外什麼？」

「我沒想到妳會這麼聽高偉杰的話，他叫妳馬上住院，妳就眞的乖乖照辦。我本來以爲妳根本沒有接受治療的打算，是怕他生氣嗎？」

「不是。」我嘆了口氣，「高偉杰要求我住院時，那副快要哭出來的樣子，讓我想起小時候的他。如果不照他的意思去做，一旦我離開，以他的個性，恐怕會一輩子活在對我的愧疚裡。他已經因爲我而失去很多東西，我不能讓他更傷心痛苦了。」

彭芷晨忍不住問：「你們之間究竟有什麼過去？」

那個下午，我將自己和高偉杰的那段過往，毫無保留地說給彭芷晨聽。

在我的請求下，高偉杰定期購買新鮮的康乃馨和玫瑰花束，插在病房的花瓶裡。

只要不危害我的身體，高偉杰幾乎對我百依百順，當我告訴他，想趁還能行動自如的時候，跟他一起到一處風景美麗的地方旅行，他立刻去徵詢醫生的意見，獲得同意後便著手安排行程。

當他正低頭忙著透過手機訂房時，我伸出一隻手，輕輕摸了下他的頭髮，他一愣，納悶問我：「幹麼？」

「沒事，就忽然想要這麼做。」

我笑嘻嘻地收回手，正色道：「高偉杰，跟你說一件事。」

「什麼事？」

「十年前在我家那棟大樓縱火的人，並不是楊騰順，嫌犯極有可能是我阿姨，也就是翔翔和嫣嫣的媽媽。」

高偉杰滿臉震驚，問我是否有證據。

「楊騰順坦承，事發當日，他的確在發生火災前走進我家那棟大樓，但他是去找朋友的，而他恰巧親眼目睹蓓蓓阿姨去到我家。」我直視高偉杰的眼睛，將部分謊言融進事實裡，「根據楊騰順的描述，蓓蓓阿姨當時穿著一件桃紅色大衣，腳踩一雙白色短靴，這確實與她當天的衣著相符。」

高偉杰呆若木雞，一時說不出話。

「爲什麼蓓蓓阿姨那天明明來過我家，卻沒有接走翔翔、嬿嬿，事發後也沒有向警方說出這件事，就此人間蒸發？你不覺得很可疑嗎？除了畏罪潛逃，難道還會有其他可能？」我深吸一口氣，緩慢說下去，「除此之外，楊騰順並不認識你母親，他是個老實人，應該不至於說謊。翔翔的死與楊騰順無關，更與你母親無關，你母親自始至終都未曾想過要傷害嬿嬿。查出眞相後，我痛不欲生，更對你萬分愧疚，不該讓你懷疑自己的母親這麼多年，眞的很抱歉。」

經過一段漫長的沉默，高偉杰的眼圈漸漸紅了，顫抖的嘴唇洩漏了他此刻激動的心情。

我張開雙臂抱緊他，和他一起靜靜流淚。

✦

在一個晴朗的日子，我和高偉杰來到一棟位於東部的民宿。這棟民宿交通便利，環境優美，從房間的窗戶可以眺望整片海岸。用完午餐，在民宿休息片刻，我們決定去海邊散步。

兩人迎著海風，光腳走在無人的遼闊沙灘上，嗅聞著大海的氣息，享受難得的悠閒時刻。

「你知道我爲什麼會想跟你一起旅行嗎？」我挽住高偉杰的手。

「不知道。」

「以前我跟你說過，長大以後的夢想是環遊世界，你還說我們將來可以帶翔翔和嬿嬿去旅行，你記得嗎？」

「記得。」他秒答，「妳送我的世界地圖卡片，我還保存著。」

「哇，也太讓人感動了吧。」我忍不住笑了起來，心中不無感慨，「總之，這個願望注定實現不了，我才想至少可以和你一起出來旅行一次，也不至於太遺憾。如果可以，以後請你替我帶嬿嬿去旅行，也算是爲我看看這個世界。」

高偉杰默然，若有所思，「嗯。」

「謝謝，這段時間有你陪著我，我很幸福，只是對你很不好意思，占用你那麼多時間，讓你沒辦法跟其他朋友見面。」

「我沒有其他朋友。」

「怎麼這麼說？你不是有一個超級好朋友？就是幫你跟老師要回學分那位，難道他不是你朋友？」我啼笑皆非。

「我們好一陣子沒見面了。」

「爲什麼？」

「他的女朋友出了點狀況。」

我很快想起那個名叫伍筱婷的女生。

高偉杰的回答，讓我確定事有蹊蹺。

「什麼樣的狀況？」

「她前段時間生了病，最近有好轉了些。」

「她生什麼病？」

「心病。」

「心病？爲什麼？」

「因爲我。」

我微怔，側頭看向高偉杰那張看不出表情的側臉。

「你朋友知道他女友生病與你有關，所以生你的氣，不跟你見面？」

「嗯，他很可能會就此跟我絕交。」

「這樣……你能夠接受嗎？」

「我早有心理準備，這也是沒辦法的事。」

「但你不是喜歡你那位朋友？甚至還把對方的照片設成手機桌布？」

這次換高偉杰怔住了，他驀地轉頭看我，眼神閃過一絲愕然。

我聳聳肩，「我也是無意間發現的，我一直在等你有一天主動告訴我。」

他默不吭聲，腳下繼續踩著沙子前進。

「你是喜歡你朋友的，沒錯吧？」

「大概吧。」

「什麼叫大概？這種事你都無法確定嗎？」

「我只知道他對我很重要。」他如此回應我，「我也曾經思考過這個問題，但我似乎不太能夠完全辨明這種感情意味著什麼，就像我始終很難眞正體會妳對藍旭的那種情感。你們因爲愛上某個人，而會產生的各種心情，在我身上未必會有，我自己也說不明白。如果妳問我，我對我那位朋友的感情，是不是愛情，實話就是我不確定，但如果妳問我最喜歡、最珍惜的人，我第一個會想到他，就是這樣。」

我好像聽懂了幾分，嘆道：「感覺你很不容易。」

「是啊。」他撇了撇嘴角。

「那伍筱婷呢？」我繼續問，「她其實是喜歡你的對吧？既然如此，她爲何要和你朋友交往？」

「因爲她還沒意識到自己是喜歡我的。」

「啊？什麼意思？」我越聽越糊塗，也更加好奇，「你跟伍筱婷到底發生過什麼事？」

「說來話長，得從我國中說起。」

「沒關係，這片沙灘很大，多得是時間讓你慢慢說。」我微笑。

等我和高偉杰離開那片沙灘，太陽也差不多湮沒在海平面下。

晚上在民宿房間，我傳了幾張在海邊拍的照片，給身在遠方的藍旭。

兩個小時後，我收到他回傳的訊息。

「妳出去玩？」

「對，和朋友去小旅行。」

「男生嗎？」

我唇角微揚，不但立刻否認，還傳了一張我和民宿年輕老闆娘的合照過去。

藍旭已經出國兩個多月，我們依然保持聯繫，分享彼此的生活點滴。

我會關心他在國外是否認識了漂亮的女生，他也會在意我身邊是否有親近的男性，吃醋成了偶爾的情趣，彷彿我們從來沒有分手。

直到那一天，藍旭傳了一段語音訊息給我。

聽完之後，我封鎖了藍旭的帳號，再也沒有回應過他。

Chapter 20

一個晴朗的午後，高偉杰來到病房陪伴我，讓我父母先回家休息。

過了一小時，門外響起敲門聲。

「請進。」高偉杰揚聲說。

一名眉清目秀的纖瘦少女開門走進來，手上捧著一束鮮花。

待看清女孩的面容，我簡直不敢相信自己的眼睛。

在高偉杰的眼神示意下，女孩捧著那束混合著康乃馨和玫瑰的花束走近我，嗓音清脆甜美，「姊姊妳好，這束花是我二哥送給妳的，祝妳早日康復。」

心緒激動之下，我嘴巴微張，卻說不出半句話來。

「馨玫，妳可以把花瓶裡的花，換成新的這束嗎？」高偉杰溫聲對女孩說。

「好。」女孩乖巧地拿起床邊的花瓶，往洗手間走去。

高偉杰低聲說：「我跟她說，我朋友住院了，我今天過來探病，卻忘了去花店拿訂好的花，請她幫忙送過來。」

得知這是高偉杰為我製造的驚喜，我不由得眼眶發熱，隨即意識到自己目前實在稱不上好看，連忙戴好頭上的帽子，嗔道：「你怎麼……你爲什麼要讓嬿嬿看見我這副模樣？很丟臉耶！」

我的頭髮因爲化療掉光了，我不想讓嬿嬿看見這樣的我。

「不會啦，妳還是很漂亮。」高偉杰笑著寬慰我。

嬿嬿很快捧著換上新鮮花束的花瓶走出洗手間，並將花瓶放在我身側的桌上。自始至終，我的目光沒有離開過她。

「謝謝妳。」強忍住想哭的衝動，我啞聲向她道謝，「妳叫馨玫對嗎？妳應該念國中了吧？」

「暑假過後就國二了。」嬿嬿靦腆回答。

「我的模樣是不是很可怕？會不會嚇到妳？」

「不會，姊姊很漂亮。」嬿嬿回話的表情認眞得可愛，我忍不住微微一笑。

就在這時，高偉杰說要去買飲料，起身走出病房，讓我跟嬿嬿單獨相處。

我看著嬿嬿的眼睛，柔聲問：「妳二哥對妳好不好？」

嬿嬿不假思索點頭，似乎也對我有些好奇，「姊姊跟我二哥認識很久了嗎？」

「對呀，我們是老朋友。」我換了個話題，「我很喜歡妳的名字，讓我想到妳二哥送我的康乃馨和玫瑰，和妳非常相襯。」

嬿嬿恬靜的面容出現一絲細微的表情變化，「姊姊也……喜歡康乃馨和玫瑰嗎？」

「是呀，我很喜歡。」我敏銳地聽出她的弦外之音，「怎麼？有誰跟我一樣嗎？」

「不是的。」嬿嬿忽然吞吞吐吐起來，「二哥曾經送我一幅很漂亮的水彩畫……畫的就是康乃馨和玫瑰。」

「哦？那幅畫是他請人畫的？」

嬿嬿沒有接話，像是有些難以回答。

我向她再三保證，自己絕對不會說出去，她才鬆口說：「二哥說，那幅畫是他在外面買的，可是後來我發現，那幅畫其實是我大哥畫的。」

我不動聲色問道：「妳是怎麼發現的？」

「二哥送我的那幅畫，右下角有繪者的英文簽名。有一次，我陪爸爸去拜訪一位叔叔，那位叔叔家裡牆上掛著一幅水彩畫，上面有一模一樣的簽名。叔叔說，那幅畫是我大哥在高中時奪下全國首獎的作品，他非常喜歡，大哥就把那幅畫送給了他。」

「妳是不是不敢問妳二哥，他爲什麼要騙妳？」

她老實點頭，「是呀，我大概猜得到二哥這麼做的原因。大哥他……很少跟我說話，可能不太喜歡我。在這之前，我不知道大哥會畫畫，二哥也沒告訴過我。」

沉吟半晌，我又問：「那妳討厭妳大哥嗎？」

嫣嫣一愣，緊張地連連搖頭，「不，我很尊敬大哥。」

「可是妳不是說他很少跟妳說話，可能不太喜歡妳？」

「嗯，但就算大哥眞的討厭我……我也可以理解。」這句話她說得小聲，眼中浮現黯然，「不過，大哥很早就看見我房間裡掛著那張畫了，但是他什麼都沒說，看起來也沒有不高興……我其實不確定大哥心裡是怎麼想的。」

「原來如此，我不會說出去的。」我摸摸她的頭，貼在她的耳邊小聲說：「作爲回報，我也告訴妳一個祕密。妳二哥跟我說過，康乃馨和玫瑰，是妳大哥最喜歡的花。」

嫣嫣呆住了，彷彿難以置信。

「眞的嗎？」

「千眞萬確，妳二哥沒理由騙我。在我看來，妳大哥應該並不討厭妳。」我對她眨眨眼睛。

嫣嫣眼眶微濕，嘴角可愛地彎起。

我們相談甚歡，直到高偉杰提著幾杯現榨果汁回來，才不約而同意識到口渴，一人捧著一杯綜合果汁吸了好幾口。

嬿嬿要離開時，我上前擁抱她。

「拜拜，馨玫。」我忍不住熱淚盈眶，卻不敢讓她看見，「見到妳眞的很開心，妳要好好照顧自己，不要生病喔。」

「好，我也很開心見到瑤瑤姊姊，姊姊再見。」她柔聲向我道別。

待病房的門重新掩上，我才依依不捨收回視線，望向身旁的那個人。

「高偉杰，謝謝。」我話聲哽咽，淚流不止，心中充滿暖意，「謝謝你讓我再次見到嬿嬿，謝謝。」

「不客氣。」

高偉杰抽出一張面紙，爲我擦拭眼淚。

✦

在見過嬿嬿之後，又過去多少個日子，我自己也數不清。

隨著體能每況愈下，我清醒的時間越來越少，最後連下床行走都做不到了。

某天從睡夢中醒來，我睜開沉重的眼皮，發現床邊坐著一名年輕男子。

我以爲是高偉杰，待視線逐漸恢復清明，才驚覺不是他。

這名男子相貌堂堂，氣度不凡，一雙銳利的眼眸讓我莫名感到熟悉。

我茫然開口：「請問你是……」

「我是高海珹。」

我反覆眨了幾次眼睛，內心驚訝不已。

「偉杰跟我說了妳的事，所以我來看妳。」不等我發問，男人主動向我說明來意，「好久不見。」

「好、好久不見。」我心跳加速，不自覺結巴了起來，「我聽高偉杰說……你平時很忙碌，難道你是特地爲了我回國？」

「對，見過妳之後，我會直接去機場，所以妳不必告訴偉杰我來過。」

高海珹竟是瞞著弟弟回來的，我意外之餘，也有些激動，胸口縈繞著一股難以言喻的感受。

「我弟說，妳查出當年在妳家大樓縱火的那個人，極有可能是妳的阿姨。」

「嗯。」我點頭，話聲艱澀，「都是因爲我，才害得高偉杰被他母親厭棄，他一直活在自責之中，甚至也連累到你，眞的很抱歉。」

「妳不用跟我道歉，我反而要感謝妳。」

「謝我什麼？」

「謝謝妳願意告訴偉杰眞相，還有，隱瞞我母親和楊騰順的事。」

我心中一驚，「你知道楊騰順？」

「對，我很早就知道這個人，也清楚他和我母親的關係。」高海城的語氣毫無起伏，「妳表弟出事後，我曾經懷疑過他，便請人調查，但是沒找到他犯案的證據。」

我驀地想起一段往事……

「你叮囑過高偉杰，要是你母親得知嬿嬿的存在，後果會很嚴重。這是不是表示，你其實知道你母親很有可能會傷害嬿嬿？」

「是。」他坦言不諱。

「你怎麼知道？」

「因爲這種事不是第一次發生。」高海城語出驚人，「我小學時，我媽逼我爸的祕書拿掉肚子裡的孩子，對方在手術臺上發生意外，不幸過世；那位祕書的家屬即使無法證明孩子是我爸的，也認定我爸是罪魁禍首，悲痛之餘，決定把氣出在我身上。」

「他們傷害你嗎？」我忍不住問。

「他們在我放學的路上將我擄走，強押我到靈堂前，逼我代替爸爸向死者磕頭謝罪。那位祕書以前很照顧我，我對她印象不錯，而我在聽見她家人的指控之後，才得知這段隱情。」

他述說起這段過往時，語氣平淡得像是在談論發生在別人身上的事，我一時不知該作何反應。

倘若高海城所言爲眞，那麼這十年來，他所背負的罪惡感，應該遠比高偉杰還要更深重。

「高偉杰知道這件事嗎？」

「我沒打算讓他知道，偉杰心地善良，也很愛我媽，他一旦知情，對他會是很大的打擊，更重要的是，我不想讓他經歷跟我一樣的事。」他停頓了一下，深吸一口氣才再次開口：「雖然結果事與願違，我終究還是讓他嘗到相同的痛苦，但偉杰沒有任何責任，是我處理不當才會如此。」

「你別這麼說，你那時才十六歲，嚴格來說，也還只是個孩子。憑你一己之力，本來就不可能解決父母惹出的麻煩，這不是你和高偉杰應該承擔的事。」

含淚說完，儘管全身乏力，我仍努力朝高海城伸出一隻手。

「高偉杰對我很重要，我非常希望他能得到幸福，相信你也有同樣的想法，我們就一起守護他到最後，好嗎？」我露出眞摯的笑容，「還有，謝謝你給了嬿嬿一個這麼美麗的名字，我妹妹以後就拜託你了。」

高海珹眼神深沉，他厚實的大手一把握住了我的。

我知道他這是答應了，而他向來言出必踐。

✦

日子又過去幾天了呢？

時間繼續悄然無息帶走我的其他感知。

失去抬起一根手指的力氣後，如今我連張嘴說話的力氣也沒有了。

有一天我睜開眼睛，意識模模糊糊，隱約看見爸媽、高偉杰和彭芷晨圍繞在我的床邊。

我還能聽見他們對我說話的聲音，卻已經無法回應他們，不由得覺得惆悵。

奇怪的是，病房裡應該只有他們四個人，不知為何，我卻同時也聽見了其他人的聲音。

我聽見翔翔、嫣嫣、高海珹、石語婕，還有怡倫姊和楊騰順在說話，甚至連蓓蓓阿姨的聲音，我都聽見了。

於是我立刻知道自己還在作夢。

因爲那是不可能的事啊。

當我在那些熱鬧的人聲裡，辨識出過去屢次在夢中聽見的那個聲音，不禁覺得既安心又幸福。

「我愛你。」

這是我曾經對男孩說過的話。

他始終沒有忘記要給我答覆，就在他遠赴國外後的某一天，他傳來一條語音留言。

在那條留言裡，他對我說了同樣一句話，但多了後面那句——

「我會回去找妳。」

他彷彿貼在我的耳邊，輕聲向我許下承諾，我情不自禁張口回答了他：「好。」

我果然是眞的在夢境裡。

不然這一次，我不會清楚聽見自己回應他的聲音。

即使如此，我還是濕了眼眶，唇角浮上滿足的笑意。

倘若這是夢，那我希望今天的夢，可以比平時長一些，至少讓我有足夠的時間，繼續回應男孩。

親口告訴他一句：待會見。

全文完

後記

他們的第二個故事

繼上一本《看見雪的日子》，這個系列的第二部作品終於與各位見面了，非常謝謝大家的耐心等待。

在《看見雪的日子》的後記提過，這個系列作將使用我過去的舊作改編，一共會有三部。

《流沙》是在比《看見雪的日子》更久以前發表的短篇小說，如果沒有記錯，至少有十六年了吧。（天啊！）

這篇小說當初只張貼在部落格，當我決定把這部作品融入在這個系列裡，發現居然還有元老級的讀者對《流沙》有印象，這真的很讓我感動。

此作初始的主軸，是一名罹癌的女大學生，在最後三個月的餘生裡，和一名十七歲高中生相戀的故事。

主角名字跟故事主軸，與舊作大致不變，但經過重新改寫後，內容就變得豐富許多了。

總編讀完新版《流沙》後，表示這是她第一次無法掌握到書名與內容之間的關係，我完全能夠理解，因爲這個書名是直接沿用舊作，最初版本的故事內容和書名也沒有直接關係，純粹是我喜歡這個書名就用了。

這次重新編修後，我發現自己完全沒有想更換書名的念頭。對我而言，這個故事是我回憶的一部分，跟這個書名已經是不可分割的一體，因此便決定繼續沿用下去，請有相同疑惑的讀者朋友多多包涵了。

在新版《流沙》裡，我多加了女主角和高家三兄妹的關係，也增加了沈怡倫一家人；除了姚瑤的故事，大家也可以看到更多高家三兄妹的故事。相信許多元老級讀者，已經能從新版《流沙》中，看出系列作的最後一本會是用哪部舊作改編了。

綜觀我寫的所有小說，這是我的第一個姊弟戀故事，雖然故事基調悲傷，但在這樣的時代裡重新回味，我的感觸也特別深，但願大家在爲姚瑤和藍旭感到惋惜時，也能從他們身上得到一些力量，好好擁抱自己，把握時間擁抱身邊的人。

希望大家看到這篇後記的標題，不會覺得作者很偷懶，我是眞的認爲這是最適合的標題。（笑）

到了系列作的第三部，劇情一樣會牽涉到高家三兄妹，屆時大家將更完整瞥見所有的故事線，我已經有預感，這會是這個系列裡最難寫，以及寫作壓力最大的一本。

寫到這裡，我又不禁想埋怨自己，當初何必自找麻煩呢，哈哈。

但無論如何，能夠順利完成全新的《流沙》，我還是很高興，有青春的拼圖又完成一部分的感覺，十分具有意義。

最後，一樣要感謝最親愛的總編馥蔓，謝謝城邦原創。

謝謝又陪我走完一個故事的小平凡，如果你讀過舊版《流沙》，我更謝謝你此時還在這裡，陪我見證全新的姚瑤和藍旭。

那麼，我們最終回再見。

晨羽

國家圖書館出版品預行編目資料

流沙／晨羽著. -- 初版. -- 臺北市 ： 城邦原創股份有限公司出版：英屬蓋曼群島商家庭傳媒股份有限公司城邦分公司發行, 2022.05
面；公分. --

ISBN 978-626-95940-3-0（平裝）

863.57　　111006245

流沙

作　　者／晨羽
企畫選書／楊馥蔓　　行銷業務／林政杰
責任編輯／楊馥蔓、吳思佳　　版　　權／李婷雯

網站運營部總監／楊馥蔓
副總經理／陳靜芬
總 經 理／黃淑貞
發 行 人／何飛鵬
法律顧問／元禾法律事務所　王子文律師
出　　版／城邦原創股份有限公司
台北市南港區昆陽街16號4樓
電話：(02) 2509-5506　傳眞：(02) 2500-1933
E-mail：service@popo.tw
發　　行／英屬蓋曼群島商家庭傳媒股份有限公司城邦分公司
聯絡地址：台北市南港區昆陽街16號8樓
書虫客服服務專線：(02) 25007718．(02) 25007719
24小時傳眞服務：(02) 25001990．(02) 25001991
服務時間：週一至週五09:30-12:00．13:30-17:00
郵撥帳號：19863813　戶名：書虫股份有限公司
讀者服務信箱 email：service@readingclub.com.tw
城邦讀書花園網址：www.cite.com.tw
香港發行所／城邦（香港）出版集團有限公司
地址：香港九龍九龍城土瓜灣道86號順聯工業大廈6樓A室
email：hkcite@biznetvigator.com
電話：(852)25086231　傳眞：(852) 25789337
馬新發行所／城邦（馬新）出版集團 Cité(M)Sdn. Bhd.
41, Jalan Radin Anum, Bandar Baru Sri Petaling,
57000 Kuala Lumpur, Malaysia.
電話：(603) 90563833　傳眞：(603) 90576622
email:services@cite.my

封面設計／Gincy
電腦排版／游淑萍
印　　刷／漾格科技股份有限公司
經 銷 商／聯合發行股份有限公司
電話：(02)2917-8022　傳眞：(02)2911-0053

■ 2022 年5月初版
■ 2024 年6月初版 9 刷
Printed in Taiwan

定價／340元

ISBN　978-626-95940-3-0
本書如有缺頁、倒裝，請來信至service@popo.tw，會有專人協助換書事宜，謝謝！

POPO城邦原創 www.popo.tw　城邦讀書花園 www.cite.com.tw